ANGELA DI GIOVANNI

L'ORO DELL'AUTUNNO

Il leone è considerato il re della foresta, o meglio il re della savana, ma l'uomo è il "non plus ultra" del regno animale. Ha tanto di tutto che non può non essere considerato tale. Nel bene e nel male ha tanto di tutto. In molti vogliamo bene agli animali, alcuni amano gli animali ancor più degli esseri umani, ma anche questi ultimi penso che, in fondo, sentano la superiorità delle facoltà dell'uomo.

Viola, invece, invidia molto alcuni appartenenti al mondo animale per una capacità che l'uomo non ha.

Una notte fa un sogno che non dimenticherà più perché sentirà chiaro e forte la mancanza di quella facoltà, un dono enorme.

Quando Morfeo l'accoglie tra le sue braccia, lei entra in una visione da favola ...vola libera con le sue ali che brillano alla luce del sole. Sono ali delicate ma forti, sembrano di velo intessuto con acciaio. Anche l'acciaio però è sottile e all'apparenza delicato. Il suo corpo forse è fatto della stessa sostanza delle nuvole perché Viola si sente leggera e fresca nonostante il sole. Le arriva soltanto un tiepido calore dal sole e la dolce freschezza di un paradisiaco vento che le viene incontro. Non ha provato mai una sensazione così inebriante, o forse l'ha provata solo nello spazio in cui ci troviamo prima di nascere. Vola e vola... guardando tutta la meravigliosa natura che scopre. Si sente estasiata e tutto le appare nitido anche volando tanto in alto. Monti, alberi, mari, laghi, pianure verdi o gialle, sabbie dorate... e nuvole nelle quali entra dentro sentendosi accarezzare da loro. Ne esce per tornare a vedere il nostro mondo da lontano così bello, seducente.

Non avrebbe mai voluto svegliarsi, invece è destata bruscamente da un frastuono che disturba la sua paradisiaca visione. Non si sveglia bene subito, anche se ormai si sente frastornata perché non riesca a capire cosa stia accadendo. Forse è una specie di terremoto fra le nuvole. Ma ecco che tutto viene svelato chiaramente. L'improvviso russare del marito, molto più forte del solito, la fa sobbalzare sul letto. Che triste risveglio! Lui continua a dormire, ma lei ormai, destata così bruscamente e rapita da quelle immagini meravigliose, non riesce più a riprendere sonno. Da un sogno surreale a una realtà "russante".

Sono sposati da qualche anno, non hanno figli, non arrivano, ma a loro va bene anche così, non vogliono ricorrere a cure mediche. Su questo argomento sono un po' fatalisti. Lasciano fare alla natura. La loro vita scorre abbastanza tranquilla, anche se a volte un po' monotona. Lui è un ricercatore del CNR, lei è un'insegnante di educazione fisica. Oltre la sua attività lavorativa Viola va in palestra, non solo per aggiornare i suoi insegnamenti, ma anche per togliersi di dosso le tensioni subite durante il giorno e durante la notte. In effetti non tutti i sogni che fa sono belli come l'ultimo, molti sono frutto di ansie, altri forse disturbati dal russare di Aldo, il marito, che non sempre ha un modo di russare leggero.

Lui non è un "palestrato", ma va in palestra solo per tenere in allenamento i suoi muscoli, altrimenti sarebbero indeboliti dalla sua professione.

I due si vogliono bene, ma come succede a molte coppie, sono diventati un po' "tiepidini". Comunque si sono sposati per amore e questo amore ancora esiste anche se la routine lo appanna.

I primi anni di matrimonio erano stati più movimentati, anche se non molto. Avevano viaggiato qualche volta, ma sempre con l'automobile o in treno. Avevano fatto anche una crociera, ma l'aereo non l'avevano mai preso, lui non aveva tutta questa voglia di volare, lei non aveva insistito.

Torniamo al momento in cui lui russa e lei si sveglia.

Viola vorrebbe riaddormentarsi, pensa di potersi di nuovo abbandonare tra le braccia di Morfeo perché il russare di Aldo è diventato più leggero e lei ci è abituata. Ormai, però, la sua testa è diventata un frullatore, il suo essere volante ha preso il predominio nei suoi pensieri. Scosta una gamba di Aldo che è poggiata pesantemente sulle sue, vuole giustamente sentirsi leggera, libera. Forse pensa che così aiuta il suo sogno a tornare da lei. Come era stata divinamente bene nel suo stupefacente sogno! Non riesce, comunque, a riaddormentarsi subito. Si sente così pesante senza le sue leggerissime ali! Chissà se avrebbe fatto mai più un sogno così desiderabile e bello, così vicino al suo sentirsi. La forma che aveva assunto nel suo sogno sembra essere il suo alter ego. È proprio quello che vorrebbe essere. Realizza, più intensamente, nel suo dormi-veglia che gli uccelli hanno un enorme dono che noi uomini non abbiamo: poter volare. Li percepisce più completi, più fortunati di noi che dobbiamo subire la forza di gravità, anzi ne siamo proprio schiavi. Viola sente ora la forza di gravità come due grosse palle al piede che ci incatenano, ci imprigionano sulla terra. Indubbiamente gli uccelli sono più fortunati e più realizzati di tutti noi esseri umani.

Invidia aquile, gabbiani, colombe, rondini, passeri, tutti gli uccelli dell'aria. Capisce perfettamente, anche se è semi-addormentata che il suo sogno non può essere realizzato in alcun modo, pure perché non sente invidia per tutte le persone che si muniscono di attrezzature e riescono a fare voli. Sa dell'esistenza di questi surrogati del volo, ma non le interessano. Lei avrebbe voluto le sue ali, quelle del sogno.

Riesce finalmente ad addormentarsi per qualche ora, ma al mattino quando si sveglia ricorda subito il sogno. Le ha lasciato un senso di insoddisfazione. È come se la pesantezza che aveva avvertito nel dormi-veglia ancora un po' perdurasse. Va al lavoro e durante le sue lezioni di educazione fisica, quando le riviene in mente il sogno, si sente ancora più pesante. Che strana influenza sta avendo su di lei quella visione onirica!

Nel pomeriggio si ricorda che deve comprare un dvd per Aldo ed entra in una libreria dove c'è un'ampia scelta di tutto. Guardando tra gli scaffali nota alcuni dvd sugli uccelli e ovviamente le viene voglia di comprarne qualcuno.

Appena torna a casa comincia a guardarne uno e le piace così tanto che nei giorni successivi continua a guardare questi

4

documentari con molto interesse. Le sembra che la sua anima voli sulle loro ali.

Aldo, dopo qualche giorno, comincia a notare questo enorme interesse della moglie e sente l'esigenza di parlarne con lei.

"Vuoi diventare un'ornitologa?" chiede con un po' d'ironia.

"E perché no?" Risponde tranquilla continuando a guardare il documentario "Però a me piace vederli volare. Non mi sentirei di studiare e stare ore e ore sui libri. Anzi mi piacerebbe proprio volare. Ho fatto un sogno qualche giorno fa che non dimenticherò più. Un sogno più bello non lo avrei potuto fare".

Racconta per filo e per segno tutto il suo sogno con dovizia di particolari e suoi occhi brillano mentre racconta. Aldo la guarda sempre con maggior interesse e dai suoi occhi appare ancora una benevola ironia. Non riesce a comprendere questa passione della moglie per il volo, evidentemente non è nelle sue corde, lui aveva evitato più volte anche di prendere l'aereo. La lascia parlare perché la vede entusiasta, ma ad un certo punto, notando l'eccessivo fervore di Viola, la interrompe.

"E caspita!... Sentendo te ora gli uccelli sono il non plus ultra del creato e l'essere umano uno sfigato!"

"Non voglio dir questo, ma pensa al potere che ha l'essere vivente che vola rispetto a noi, che siamo inchiodati dalla gravità sulla terra, anzi di più, se mettiamo un piede in fallo cadiamo pesantemente facendoci anche male o rompendoci, a volte, qualche parte del corpo."

"Hai ragione, siamo proprio sfigati!" con aria sempre canzonatoria.

"Non mi prendere in giro! Hai mai visto un uccello cadere?"

"Si, quando un cacciatore gli spara."

"Che discorsi... non fare lo stupido! In quel caso, poverino, non ha più il potere delle sue ali!!! Capisci... il potere delle ali!!! Io desidero le ali con tutta me stessa, ma le ali del sogno delicate e forti...e non potrò mai averle in questa vita...forse in un'altra vita..." Aldo la prende in braccio facendola volteggiare.

"Ma in questa vita sono io le tue ali forti e delicate! Vedi... ti faccio volteggiare nell'aria. Tu hai mai visto un uomo forte, ma delicato come me?"

Poi la adagia lentamente sul divano, le accarezza i capelli, lei accenna appena una parola, ma lui delicatamente con le dita le sfiora le labbra sussurrandole un dolce, prolungato "sssssssss" per suggerirle un silenzio pieno di promesse, continua ad accarezzarla, ma senza fretta, ai tempi giusti le carezze diventano più audaci, un vero e proprio preludio a far l'amore. Mentre Viola si lascia andare, pensa che non è facile trovare forza e insieme delicatezza in un uomo. Virilità e femminilità in un uomo è davvero il non plus ultra. E Aldo, per lei, è tutto questo. In questi momenti sente il suo amore appannato tornare di nuovo intenso e splendente.

Aldo è un uomo positivo e tranquillizzante.

E dopo il volo si torna sulla terra.

La vita tranquilla che stavano facendo e anche la parentesi del sogno vengono messi all'angolo da un fatto increscioso che sta succedendo in famiglia.

Il padre di Viola, Amerigo, lascia moglie Ester, la madre di Viola. Tutto accade come un fulmine a ciel sereno. Nessuno sospettava nulla, men che meno la moglie, Ester.

"L'abbandonata" è una signora di circa sessant'anni, oltretutto ancora un bella donna, occhi splendidi, verdi, una bella chioma rossa e un corpo esile. È obbiettivamente una donna molto, molto carina e ben curata, mentre il marito, pur essendo in gioventù abbastanza aitante, ora è un uomo panciuto e rugoso. Ha dieci anni più di lei e li dimostra tutti.

Perché dunque ha lasciato la moglie? La spiegazione è semplice. È un uomo benestante che ha fatto gola ad una russa, coscia lunga, alta più di lui, che non ha ancora compiuto venticinque anni.

Piccola digressione: ben vengano tutti dagli altri Paesi del mondo, siano i benvenuti, ma solo quelli che hanno buone intenzioni!

In particolare, per quanto riguarda le donne straniere, mi pare che in Italia stia accadendo una specie di "ratto delle Sabine" all'incontrario, cioè il ratto degli Italiani, che purtroppo si lasciano rapire ben volentieri dalle giovani straniere. Va detto però, a onor del vero, che non tutte le straniere adescano gli uomini, la stragrande maggioranza sono bravissime persone.

Comunque, questa accalappia uomini non era un'immigrata, tanto per chiarire.

Veniamo al dunque, alla povera Ester, che dopo aver subìto "la doccia fredda" dell'abbandono, comincia a ripensare, come in un flashback di un film, alla sua vita di ragazza e di donna.

Poco più che adolescente si era innamorata di un compagno di scuola. Lui era il bullo della classe, il bello e dannato che però fa presa nel cuore delle ragazze. Ester era la più bella della classe e, a quell'età, la bellezza purtroppo è la dote che attira di più, per cui lei per lui era la conquista più appetibile. David, ossia il bullo, ci sapeva anche fare e, avendo capito perfettamente che Viola era una ragazza ingenua e romantica, trovò il modo per attirarla nella sua rete. Non guardò più nessun'altra ragazza, anzi si mostrò indifferente a tutte le loro civetterie, dichiarando ad Ester il suo amore e la sua fedeltà. Romantico a più non posso fece durare la sua pantomima abbastanza a lungo per far constatare a tutti il suo cambiamento e soprattutto per convincere lei.

Quando Ester cominciò a credergli e a dimostragli il suo amore fece molta fatica per ottenere un po' di libertà e andare agli appuntamenti con David. La sua famiglia era un po' all'antica e la tenevano d'occhio, ma lei trovava sempre il modo per vedere il suo amore. Così già si preoccupava al pensiero di dover, in futuro, dire ai suoi di David perché, ad un eventuale loro opposizione, lei avrebbe avuto delle difficoltà. Sapeva di non essere, per natura, una ragazza ribelle, ma nello stesso tempo sapeva anche che avrebbe voluto difendere il suo amore.

Questo dilemma non si presentò, purtroppo, alla povera Ester, perché una volta fatta la sua conquista, David pian piano si dileguò. Fu anche fortunato perché era la fine dell'anno scolastico per cui troncare definitivamente fu molto facile.

Ester soffrì tanto ed ora, dopo l'abbandono di Amerigo, ricorda con maggior dolore l'abbandono di David, dell'amore della sua giovinezza. Comprende meglio perché, dopo circa un anno, accettò di fidanzarsi con Amerigo. Vedeva quest'uomo molto diverso da David. Lo vedeva un uomo solido, pratico, poche chiacchiere e molti fatti. Era già molto capace e produttivo nel suo lavoro ed aveva voluto subito conoscere la sua famiglia per dimostrare le serie intenzioni. Lui, a modo suo, era innamorato davvero di Ester e con attenzioni di vario tipo lo dimostrava. Le dedicava parecchio tempo pur lavorando molte ore. Le faceva regali a più non posso. Lei sentendosi così amata pensò di amarlo a sua volta. Si sposarono presto ed Ester ricorda con tenerezza i primi tempi di matrimonio perché furono abbastanza felici. Poi la routine e quell'amore, non certamente grande, divenne sempre più piccolo, fino a diventare solo abitudine. Sempre più assente Amerigo, sempre più insoddisfatta Ester.

Nelle sue riflessioni, adesso che lui se ne era andato, comprendeva il perché di questo dolore, di questa inquietudine. Si stava dissolvendo il suo mondo, la sua abitudine, la sua routine. Aveva paura del cambiamento, del futuro. Soprattutto soffriva perché aveva, più che mai, la netta consapevolezza di non aver conosciuto l'uomo giusto per lei. David non l'aveva amata e Amerigo l'aveva amata male. E lei non aveva potuto amare come avrebbe voluto.

Dopo aver saputo del tradimento decide di andare da Viola per cercare un po' di conforto, e comunque la figlia doveva sapere cosa era accaduto.

Suona al citofono e Viola rispondendo comprende dal tono della madre che qualcosa non va. Apre con apprensione la porta.
"Che hai mamma, stai male?"
"No Viola... tuo padre... tuo padre"
"Sta male?"
"No, sta benissimo purtroppo!"
"Come purtroppo?!"
"Entriamo in casa che ti racconto tutto"
Viola fa sedere la madre sul divano e si siede accanto a lei.
"Allora dimmi..."
"Se n'è andato, si è innamorato di un'altra..."
"Mamma ecco... prendi un goccino di cognac, ti tira un po' su, ti calmi e pian piano mi racconti"
"Come sai, tuo padre lavora tanto e viaggia molto per il suo lavoro... ultimamente è dovuto andare in Russia e si è fermato lì per più di un mese, credevo fosse sempre per lavoro. Spesso mi inviava foto stupende su whatsapp: la Piazza Rossa, San Basilio, persino un video di un balletto russo dei ballerini del Bolsoj. Mosca lo aveva entusiasmato, non l'ho sentito mai coinvolto così durante i suoi viaggi. Ora ho capito che non era solo Mosca ad averlo eccitato, ma è stata soprattutto la moscovita ad averlo intrappolato. Giovane, alta, bella, bionda, così me l'ha descritta l'insensibile cretino. Non avrà certamente faticato molto questa biondona a farlo entrare a capofitto nella sua rete."
"Ma lui non lo capisce che sono i soldi ad interessare la russa?"
"Lo capisce sì, ma ha anche detto che da sempre gli uomini che hanno i soldi acquistano un fascino irresistibile per molte donne. Lei, semplice segretaria, incontrata in uno degli uffici che tuo padre ha frequentato per lavoro, ha subito "fiutato" che era un italiano benestante e lo ha irretito. Per questo motivo tuo padre

ha prolungato il suo soggiorno in Russia. E se l'è portata in Italia sicuramente promettendole mari e monti."

"Probabilmente sarà una cosa passeggera, un rimbambimento alla sua età per una donna giovane...".

In quel momento entra Aldo e, vedendo la suocera visibilmente triste, domanda cosa sia successo e loro gli raccontano tutto. Dopo aver ascoltato la triste "novella" capisce subito che alla preoccupazione per la moglie stranita dal sogno si aggiungerà la preoccupazione per la suocera addolorata. Infatti Viola non esita: "Aldo, ora mammina per qualche giorno starà con noi, non è vero tesoro?"

"Certamente amore santo!"

È stata formulata la domanda che temeva e lui ha dato la risposta che doveva.

Ester non è una suocera antipatica, è educata, gentile, ma sempre suocera è. La loro intimità, per il momento, è sospesa e chissà per quanto tempo.

Viola prepara il letto per la madre nella stanza degli ospiti continuando a farla parlare per sfogarsi, e si siede accanto a lei. Ascolta ancora un po' lo sfogo della madre. Quando vede che Ester stremata sta cedendo al sonno le dà un bacio, la buonanotte e va a letto.

Aldo è già addormentato, ma non russa per fortuna, Viola per una buona mezz'ora ha la testa come un frullatore, le vengono mille paure per il futuro. Non stima molto il padre, potrebbe anche essere che il suo abbandono sia definitivo. È un uomo che ha sempre più pensato al dio denaro che agli affetti. La madre, invece, è una donna un po' con la testa fra le nuvole, ma è affettuosa, gentile e bella anche ora, da giovane era bellissima. Avrebbe voluto fare l'attrice e qualcuno glielo aveva anche proposto, ma i genitori glielo avevano impedito perché ai suoi tempi molti consideravano il mondo dello spettacolo un luogo di perdizione. Ester è stata sempre un po' insicura e non si ribellava facilmente. Quindi ha seguito la strada che le sembrava più tranquilla. Si è fidanzata con Amerigo e si è sposata. L'unica sua passione su cui nessuno ha interferito è stata il potersi dedicare alla pittura. Ha dipinto e dipinge bellissimi quadri, ma sempre per se stessa o per regalarli, non per fare mostre e venderli.

Mentre i ricordi sui suoi genitori le tempestano la testa, per sfinimento finalmente si addormenta.

E sogna... vede un quadro, forse di sua madre, che si espande e diventa grande come un palazzo. È bellissimo e non squallido come quelle enormi pubblicità del mondo attuale. Poi si rende conto che non è un quadro di sua madre, ma è suo perché vede le sue mani imbrattate di colori che tengono un enorme pennello in mano. Nel quadro, in alto, come fosse in cielo, c'è il bel viso di Ester, velato ma nitido, che sorride. Vicino ci sono dei fiori di tutte le forme e di tutti i colori e, tra i fiori più in lontananza, si intravedono grattacieli. I cristalli lucenti dei grattacieli le abbagliano la vista. Improvvisamente tra quei bagliori Ester esce fuori dal quadro e va verso di lei. Sembra una vestale, ma la sua veste è di velo, procede delicatamente altera, si vedono bene i suoi piedini affusolati, in trasparenza si intravede anche il suo corpo esile... ma le braccia?... dovrebbero trasparire perché è vestita solo di velo... Viola ha un brivido e grida forte: "Mamma abbracciami!" Il viso di Ester non sorride più. Un filo di vento le alza il velo... Ester non ha più braccia, due monconi sanguinanti sono al loro posto e tappezzano di sangue tutto il suo corpo.

Un grido vero, prolungato esce dalla gola di Viola. Aldo sobbalza, si sveglia e la scuote. Viola si sveglia ancora impaurita. Aldo domanda, lei racconta, completamente frastornata, il sogno tra le carezze rassicuranti del marito. Si riaddormentano abbracciati.

Viola è molto legata alla madre e intuiva da sempre nel suo intimo che il padre tarpava continuamente le ali a sua moglie con i comportamenti, con le parole, con tutto. Lei è figlia unica e forse per questo vive un po' in simbiosi con la madre. Era ed è orgogliosa dei bei quadri che dipinge Ester, ma la percepisce in gabbia. Quella stanza, dove lei trascorre ore ed ore a dipingere, per Viola è come una gabbia dorata dove la madre si rifugia per non soffrire per quelle ali mozzate. Le era impedito il volo perché viveva una vita sbagliata con un uomo sbagliato.

La mattina seguente Viola si sveglia presto, ma un po' ristorata da qualche ora di sonno profondo. Rabbrividisce solo un attimo ricordando il sogno che ovviamente non racconterà alla madre. In cucina prepara una buona colazione. Sa che alla mamma piace la frutta, quindi prepara una buona macedonia, fa bollire il latte, affetta un buon ciambellone acquistato nella sua pasticceria di fiducia. Prepara la moka, preferisce la moka, sa di antico ma di buono, sembra che emani calore anche quando è spenta, non accende ancora il gas perché alla madre piace il caffè ben caldo. Ester in genere si sveglia abbastanza presto, quindi Viola entra in punta di piedi nella stanza per vedere se si è svegliata. Si avvicina piano, ma subito sente una flebile voce: "Sono sveglia Violetta, entra tesoro, mettiti seduta accanto a me..."

"Un po' hai dormito?"

"Si, un paio d'ore le avrò dormite... soprattutto sono stata tra la veglia e il sonno cercando di trovare un po' di quiete. Ma tu non ti preoccupare più di tanto. Tuo padre ora se ne andato ed è stato un abbandono. Il distacco fisico si sente e fa male, ma stanotte mentre stavo riflettendo ho compreso che spiritualmente e anche fisicamente io sono stata quasi sempre sola, ero una moglie single. Durante il matrimonio i nostri caratteri sono diventati sempre più chiaramente diversi. Io, sempre più sognatrice, lui sempre più pratico e freddo. Lui spesso in viaggio per affari, io sempre più appassionata alla pittura". Viola la interrompe per fare una digressione pertinente.

"Bellissima la tua passione, mamma, ma sai perché non ho voluto fare liceo artistico, come tu, sempre con moderazione, mi suggerivi?" Ester la guarda con interesse.

"Sono diventata insegnante di educazione fisica, non ho ascoltato il tuo consiglio, anche se per certi versi, mi sarebbe piaciuto seguirlo, sai perché?...Perché ho visto te che sempre di più ti isolavi dalla vita con la pittura. Nei begli occhi verdi di Ester traspare una preoccupazione: "Mi sono isolata? Ho trascurato..."

"No mamma, fammi spiegare... non hai trascurato nessuno, hai trascurato solo te stessa. Sei stata una buona madre, hai accompagnato la mia crescita, la mia evoluzione con attenzione e non mi hai fatto mancare né la tua presenza, né il tuo amore. Ti ripeto, sei stata una buona madre e anche una buona moglie. Papà non ti meritava, ora è anche più chiaro. Io ti ho sempre vista chiusa dentro un circolo, in un certo senso, "vizioso", non mi fraintendere ... vizioso perché tu non avevi una tua vita, sì ... qualche amicizia superficiale, qualche conoscenza, qualche chiacchiera extra... ma tutto qui. È vero che una passione può diventare anche tutto nella vita, o quasi tutto; ma tu non sei diventata una pittrice, anzi mi correggo, non sei voluta diventare una pittrice... i tuoi quadri sono davvero belli, ma guai a chi te li tocca...non hai voluto fare neppure una mostra, ne hai regalato qualcuno, tutto qui. Doveva essere solo un tuo mondo. Se questo ti rende felice va bene, ma io ho spesso visto i tuoi occhi tristi, come se ti mancasse qualcosa che neppure tu sai cos'è. Ora c'è pure il dolore che ti ha inferto papà. Il "bel cerchio" si è ristretto. Papà se n'è andato, io mi sono sposata da qualche anno. Non ti permetterò di rimanere a casa sola con tuoi quadri, devi vivere anche la vita, quella che ti circonda e che tu neanche vedi. Forse i nonni hanno sbagliato ad impedirti di diventare attrice. Avresti vissuto non solo la tua di vita, ma anche tutte le vite dei personaggi che avresti potuto interpretare su un palcoscenico!...Ora mi fermo con le prediche, ma non credere che sia finita qui ... penso che ti dovrò rimproverare un po' per scuoterti! Su svelta andiamo in cucina, la moka è già pronta basta accendere il gas... un bel caffè, una bella colazione e...giorno nuovo, vita nuova!"

Chiaramente è solo il primo dei tanti giorni che si susseguono in cui Ester racconta alla figlia la sua vita con il padre. Lei ha dubitato che suo marito, essendo sempre in viaggio, avrebbe forse avuto qualche passatempo femminile, ma non avendo prove doveva solo sperare che fossero sue fantasie. Spesso Ester ricordava le parole tranquillizzanti della nonna, che diceva alla madre: "Eh... figlia mia finché il marito torna a casa va tutto bene!" A Ester non piacevano tanto quei discorsi, ma siccome vedeva nonna e madre accettarli di buon grado, lei sentiva che poteva anche essere una cosa normale. Pure sua madre aveva avuto qualche preoccupazione sull'argomento "corna", ma siccome suo padre era sempre tornato a casa, le parole di sua nonna continuavano a tranquillizzarla. Dopo questi ulteriori chiarimenti Viola comprende meglio i comportamenti della madre.

I giorni passano e Viola nei momenti liberi non va in palestra, ascolta invece, con pazienza, tutto il repertorio Amerigo- Ester che la madre le racconta con più particolari. Deduce da queste confessioni che il padre è proprio come lei lo vede: un anaffettivo, e la madre come lei la vede: una persona insoddisfatta, che non ha ancora trovato la sua strada.

Una notte fa di nuovo un sogno, a dir poco strano. Lei è distesa su un prato, c'è un bel sole. Sente una specie di beatitudine osservando il cielo e gli uccelli che volano, come al solito adora il loro volo e lascia libera la sua anima di volare sulle loro ali. Una volta su un'aquila, un'altra su una colomba, un'altra ancora su un gabbiano. L'aquila la porta a vedere i monti dall'alto, alcuni sono verdi, colmi di abeti, altri sono candidi, pieni di neve. Che meraviglia! Poi il gabbiano la porta sul mare, un azzurro così azzurro non l'aveva mai visto nella vita, e mai così splendente. Pensa che con gli occhi dell'anima si vede meglio, è tutto più chiaro. Dopo questi due viaggi la sua anima leggera si adagia sulla colomba che le fa vedere da lontano il nostro pianeta azzurro, Viola si sente come un astronauta, ma senza pesanti ingombri materiali. Può vedere, leggera, il nostro mondo da su...su...su. Percepisce un benessere non descrivibile, sente di stare dove ha veramente desiderio di stare. Dopo un po', purtroppo, anche se lentamente e delicatamente la colomba dalle ali bianchissime la riporta esattamente dove stava, riadagia l'anima di Viola sul suo corpo, che è rimasto fino ad ora vuoto, come morto su quel prato. Viola ormai si sogna di nuovo viva anche nel corpo, guarda ancora il cielo, che sta mutando colore. Vede tutti gli uccelli stranamente insieme come se quello fosse l'habitat naturale per ognuno di loro. Quella visione dura ancora un po', ma poi quasi improvvisamente la volta celeste si adombra, diventa sempre più scura, minacciosa, infine è tutto buio, ma fulmini continui permettono a Viola di vedere bene ciò che accade. Tutti gli uccelli volano velocissimi, come per sfuggire ad un predatore. E il predatore c'è. Appare chiaramente tra le saette incessanti una specie di gigantesco uccello preistorico. Dal becco fuoriescono denti aguzzi e una mezza preda insanguinata di cui si vedono solo un'ala, il collo e le penne. Il mostro, alla fine delle ali, ha grossi artigli e una pancia enorme che si muove, in cui si presume siano conficcate prede ancora semivive. Viola è terrorizzata, non ha voce per urlare, ma il cuore le batte all'impazzata. Sente che il suo corpo si muove, fa uno sforzo per sentirlo meglio e si sveglia. Il russare di Aldo ora le sembra la dolce musica di un violino. È salva dal mostro e dal sogno.

15

"Dovrò fare una bella chiacchierata con uno psicologo e ricordarmi di trascrivere tutti i sogni strani" pensa tra sé e sé. Comincia proprio a preoccuparsi per questi sogni che le lasciano un senso di inquietudine.

È passato più di un mese dal giorno dell'abbandono ed Ester si sente meglio. Quindi pensa che debba parlare con la figlia e comunicarle il suo stato d'animo. Lo fa mentre sorseggiano un buon tè.

"Violetta, come vedi io mi sento meglio, non percepisco più quel malessere, anzi quell'angoscia dei primi giorni, perciò credo che un po' di cose debbano cambiare"

"Dimmi, che deve cambiare?"

"Sento di dover ritornare a casa, ad esempio..."

"Guarda mamma, che tu qui puoi stare quanto vuoi... questo deve essere chiaro. Vedo che stai meglio, ma...

"Sto davvero meglio tesoro! Riprenderò la mia vita, i miei quadri, ne sento la mancanza, ho bisogno di dipingere, mi fa bene."

"So bene quanto ami dipingere... ma i tuoi occhi sono tristi... mi sembra troppo presto... non mi sembra il caso che tu ti isoli di nuovo davanti al tuo cavalletto con pennello e tavolozza in mano... quando vedrò i tuoi occhi più sorridenti tornerai a casa, io la vedo così".

"Sai ho riflettuto molto in questi giorni... specialmente di notte. Con il silenzio e la solitudine della stanza riuscivo a mettermi in contatto con la mia anima. Cercavo di capirmi meglio nel profondo, cercavo di entrare dentro me stessa. Qualcosa ho capito, sono una persona abbastanza serena ma, a volte, anche triste. Questo tu lo vedi dai miei occhi. Mi sono interrogata sul perché di questa ricorrente tristezza... è la tristezza di una donna che non ha trovato su questa terra l'anima gemella, l'uomo che poteva amarla davvero, con cui avere quella

16

bella complicità che vedo negli occhi delle persone che si amano. Forse sono un po' puerile o meglio una perenne adolescente romantica... ma questo mi è mancato nella mia vita. Mi sono sempre sentita una sposata single in cerca dell'amore del marito. Certo dentro di me l'ho capito ben presto che Amerigo non poteva essere l'uomo che desideravo, ma subito dopo mi sentivo quasi in colpa pensando che anche io non l'amavo abbastanza e che forse lui mi amava a modo suo e che io pretendevo troppo... ma dopo questo eclatante tradimento, ho strappato la benda dagli occhi e l'ho visto chiaramente come è, un uomo egoista. Soltanto il danaro ha condiviso con la famiglia, ma assolutamente niente altro. E poi mi sono chiesta se c'era altro dentro di lui oltre a quell'esagerato desiderio di soldi, di cose materiali, di cose futili. Mi sono chiesta se avesse nel suo cuore un angolino per i sentimenti importanti. Non sono riuscita a darmi una risposta."

"Ti rispondo io, mamma. Non ce l'ha un angolino così nel cuore, o meglio, io non l'ho mai percepito. Quando ero bambina non l'ho mai sentito un padre affettuoso, da adolescente ho sempre visto un padre distratto, assente sia fisicamente che spiritualmente ed ora da donna sposata vedo un padre inesistente. Poi con questa ultima bravata ha dimostrato largamente la sua pochezza. Tu, mamma sei tutt'altra persona. Lo credo bene che non è la tua anima gemella!"

"Vedi Violetta io sono felice come madre perché ho te che sei un vero tesoro...ma ho sprecato la mia vita di donna, ora alla mia età l'amore che sognavo da ragazza posso scordarmelo, non l'ho vissuto e non lo vivrò mai. Penso che quando, a volte, i miei occhi si incupiscono sia per questo vuoto, per questo rimpianto.

Viola la abbraccia scuotendola dolcemente: "Coraggio mamma, ora deve cambiare tutto. Non so quando, non so come, ma deve cambiare tutto!"

Viola si sente fiduciosa. Dopo quest'ultima chiacchierata, molto più esplicita delle precedenti, vede l'abbandono del padre come un avvenimento positivo. La madre comincia ad essere libera da un legame sbagliato. Questa sua libertà è preziosa. Non è mai troppo tardi. Ester può uscire dal suo bozzolo e diventare farfalla. Ester può liberare dalla prigionia la vera Ester.

Col passare del tempo le parole di Viola, che continua a darle ottimi consigli, influiscono positivamente su Ester.
Lei torna nella sua casa ma non riprende subito in mano i suoi pennelli. Comincia a fare progetti di tutti i tipi, ad esempio per come vivere le opportunità che le offre la sua città. È nata e vive a Roma e si sa che Roma non si finisce mai di scoprirla. Si rende conto, quindi, che conosce poco la sua città pur essendo romana. Vuole recuperare il tempo perduto e si ripromette di scoprire bene, pian piano la sua Roma e tutto ciò che offre. Contemporaneamente si inscrive ad un corso per saper usare meglio il computer. La nuova Ester sta nascendo.

Ma cosa sta succedendo al suo scriteriato ex marito? Per adesso sta vivendo una specie di luna di miele con Olga, la bella russa. Lei adora tutte le attenzioni dispendiose che le offre Amerigo e offre a lui tutte "le attenzioni sessuali" che lo attirano per irretirlo sempre di più. Nei momenti più opportuni lei lo rimbambisce, ancora di più di quanto già non lo sia, dicendogli che lo ama e che vuole sposarlo, non per poter vivere in Italia con tutti i diritti, ma perché lo ama. Arriva persino a sussurrargli che la sua panciona la fa impazzire e che la sua calvizie è sintomo di grande virilità, di testosteroni in abbondanza. E... potenza del senile rimbambimento, lui le crede. Dopo giorni e giorni di simili effusioni, con annesse richieste, lui le promette che chiederà subito il divorzio e che si sposeranno.

Come promesso alla sua bella russa per velocizzare i tempi, si presenta, senza neppure avvisare, a casa della figlia. Rimbambito come è, avrebbe voluto che lo accompagnasse anche Olga, ma lei, che rimbambita non è per niente, lo ha convinto che sarebbe stato meglio presentarsi da solo poiché lei, parlando stentatamente la lingua italiana si sarebbe trovata in difficoltà. Nella realtà, lei, molto lucida e furba, ha voluto evitare incontri sgradevoli con parenti, certamente non rimbambiti come lui.

Amerigo, trovando il portone aperto, suona direttamente alla porta di casa. Aldo apre la porta e rimane di sasso: "Amerigo che ci fa lei qui? Per fortuna Viola non è in casa. Non ho parole, è sparito e ora si presenta senza neppure avvisare?"

"Che bell'accoglienza!" Il genero rimane fermo sull'uscio. "Allora...non mi fai entrare?"

"Prego Amerigo entri, ma non si aspetti un benvenuto!"

"Aldo, che modi, non capisco perché sei così adirato, non siamo nei secoli scorsi...al giorno d'oggi certe situazioni accadono continuamente!"

"Ma non sempre ci si trova davanti a un personaggio come lei, caro suocero... lei ha la sensibilità di un elefante. Sparisce per parecchio tempo e si ripresenta improvvisamente senza neppure farsi precedere da una telefonata. Meno male che Viola non è in casa, così spero di avere il tempo di prepararla alla, sicuramente inaspettata, sorpresa. Il suo silenzio è stato offensivo, ha agito come se sua moglie e sua figlia non esistessero più."

"Avevo bisogno di tempo per collaudare in pace il mio nuovo rapporto tu sei un uomo dovresti capirmi..."

"Guardi Amerigo, non la capisco affatto e sono felice per sua figlia perché se non la capisco è sicuramente perché non sono un uomo simile a lei, non siamo sulla stessa lunghezza d'onda."

"Ma tu sei giovane, non puoi capire... io alla mia età, sono stufo della solita minestra..."

"Sua moglie lei la definisce la solita minestra?! Ester è una donna intelligente, affettuosa, onesta...e poi lei non mi dica che con tutti i suoi viaggi non si è mai tolto qualche capriccio?"

"Sì, qualche volta me la sono spassata... ma tutte cose brevi, senza impegni...adesso è diverso, è una cosa seria, voglio sposarmi!" L'ha buttata là e si è tolto il pensiero, se mai nella sua testa avesse potuto elaborare qualche pensiero normale. Aldo invece non lascia trapelare la miriade di pensieri che l'ultima frase del suocero ha suscitato e sbotta in una risata nervosa: "Caspita, che notizia! Sta dicendo sul serio?"

"Certo che sono serio, siamo davvero innamorati e vogliamo sposarci!" Aldo cerca di sintetizzare tutte le preoccupazioni, che in questo momento brulicano nella sua testa, per fare uscire dalla sua bocca qualche frase, che possa scuotere la testa del suocero e farlo, pur se minimamente, ragionare.

"Mi ascolti bene, Amerigo... non pensa che una donna giovane e bella possa voler sposare lei soltanto per interesse, per i quattrini?"

"Solita frase che sparano gli invidiosi...Aldo caro ti faccio sapere che molte donne si innamorano proprio degli uomini che hanno i quattrini perché li vedono realizzati, potenti... e Olga è una di queste, credimi!!!"

"E come fa ad esserne così sicuro?"

"Beh, allora devo farti capire qualcosa della nostra intimità...ascolta...la nostra intimità è un'esplosione e poi Olga non si stanca mai, è proprio innamorata...altrimenti sarebbe freddina, invece non ho sentito mai un rifiuto da parte sua, anzi è proprio lei che mi cerca sempre.... adesso hai capito? È proprio innamorata e le piaccio molto"

Aldo ha constatato che le sue intuizioni erano giuste, quella donna lo ha fatto rimbambire completamente per ottenere tutto ciò che vuole. Tutto era così prevedibile, anzi scontato. Cerca di approfondire l'argomento per trovare qualche parola giusta che arrivi in quella testa, che ormai è fuori: "Scusi Amerigo, ma lei non è più un giovanotto, come fa a reggere e a portare a termine queste imprese titaniche?"

"Hai detto bene mi sento un titano, la sua gioventù mi fa diventare un gigante, un uomo fortissimo!"

"Amerigo sia sincero, mi dica come fa, si rende conto che forse non reggerebbe neanche un ventenne..."

"Beh... confido nella tua discrezione... mi aiuto con la famosa pasticchetta blu"

Aldo capisce che adesso può forse colpire nel segno, ma deve assumere un atteggiamento amichevole:

"Amerigo, ma che mi combina!? Non ricorda che ha disturbi importanti al cuore? Il Viagra fa male specialmente a chi ha problemi al cuore! Ci può restare secco!" Prontamente il suocero ricordando le espressioni di un suo nonno napoletano e facendo ripetutamente le corna: "Ué gugliò me purtass jella???... comunque caro il mio genero, meglio vivere un giorno da leone che cento anni da pecora!!!"

Cade il silenzio tra loro, Aldo sta pensando che neanche lontanamente è arrivato a scalfire le intenzioni del suocero, Amerigo invece pensa al Viagra e stringendo un piccolo cornetto nascosto, regalatogli dal nonno in punto di morte, si congeda. "Genero mio, io ho detto quello che dovevo dire, è meglio che sia tu a riferirlo a Viola e ad Ester. Io farò scrivere una lettera dall'avvocato per la separazione e il successivo divorzio. Quando la lettera arriverà ad Ester, se vorrete mi farete sapere qualcosa, altrimenti ci contatteremo tramite gli avvocati. Statti bene!" Senza essere accompagnato esce dalla casa lasciando il genero frastornato.

Aldo è consapevole che deve prendere in mano la situazione, deve parlare con la dovuta delicatezza a moglie e suocera, deve anche sobbarcarsi le decisioni per quanto riguarda la situazione economica che sorgerà tra Ester e Amerigo. Ricorda con sollievo che i suoceri, quando si sono sposati, hanno fatto la separazione dei beni. L'aveva voluta lui perché non essendo mai stato un uomo propriamente specchiato, anche se non proprio un delinquente, temeva che per qualche impiccio o, se non altro, per questioni di tasse avrebbero potuto rivalersi sui beni della moglie. I genitori di Ester erano benestanti ed avevano regalato alla figlia qualche bene immobile. Inoltre Amerigo, prima di sposarsi aveva messo a nome della moglie la casa che lui aveva acquistato per il matrimonio, sempre per i motivi suddetti. Lui non parlava molto del suo lavoro, quindi nessuno sapeva bene di che si occupasse anche perché era un affarista, si muoveva su molti fronti. Come spesso capita a chi armeggia con tanti quattrini non era proprio un disonesto, ma neppure sempre onesto.

Mentre Aldo sta riordinando le idee sente la moglie rientrare "Ciao tesoro, tutto ok in palestra?"

"Sì, sai che la palestra ti ristora...mi sento dieci anni di meno..." Viola posa il borsone in bagno ma non tira fuori nulla, neppure l'accappatoio, preferisce andare a fare due coccole al marito.

"Tu non sei andato in palestra?"

"No, ho ricevuto visite..."

"Chi è venuto?"

Aldo prende due bicchieri e versa un po' di cognac in entrambi, poi fa cenno alla moglie di sedersi accanto a lui. Porge un bicchiere a Viola, prende fiato e si fa coraggio cercando di apparire tranquillo.

"Indovina chi è venuto a trovarci?"

"Che fai gli indovinelli? Dai, chi è venuto?"

"Finalmente tuo padre si è fatto vivo"

Viola si irrigidisce e ingurgita il cognac tutto di un sorso.

"E perché dopo tutto questo tempo risuscita? Che vuole?"

Aldo deve addolcire la pillola, certo non riferirà la squallida conversazione, deve dire e non dire ed anche un po' inventare.

"Mi è parso giù di tono, è venuto a farti una visita, forse un po' gli mancate..."

"Stai scherzando?! Non puoi essere così ingenuo! A lui non gli manca proprio nessuno, lui pensa solo a se stesso! Pensa solo agli affari suoi, quindi se si è fatto vivo dopo tutto questo silenzio una ragione ci sarà... Aldo per favore dimmi la verità, perché è venuto?"

Aldo si sente spiazzato voleva addolcire la pillola, ma ha ottenuto l'effetto contrario. Prende tempo.

"Tesoro cerca di calmarti, tu hai tutte le ragioni. Tuo padre oltre a non essere stato certamente il padre ideale e neppure un marito ideale, ora vi ha dato pure un gran dispiacere. In questo periodo ti sei stressata molto per lenire il dolore di tua madre ed ora te lo ritrovi fra i piedi. Hai paura che vi dia altri dispiaceri, io ti capisco, ma tu devi pensare che non sei sola, ci sono io a disposizione per aiutarti in qualsiasi occasione, lo sai... vedrai supererete tutto"

"Ok! Ma perché si è fatto vivo, che vuole?"

"Allora amore, tieni in considerazione che tuo padre ha una certa età, potrebbe anche avere un principio di demenza senile e forse solo per questo ha chiesto... il divorzio!"

Aldo si aspetta un'esplosione, fulmini, saette. Invece un silenzio assoluto. Osserva preoccupato Viola che impassibile sta riflettendo...

"Bene! Mia madre finalmente si è liberata. Rinascerà, stiamo tranquilli rinascerà."

Aldo si sente sollevato, è felice della reazione di sua moglie. Le poche parole che Viola ha pronunciato dicono tutto.

È un po' di tempo che Viola non fa più sogni strani, ma questa notte, dopo aver saputo la novità, che spera sia positiva, un altro incubo invece prende forma. Nel sogno vede suo padre, che con un pancione molto più grande di quello che ha realmente, si dimena sul letto e la chiama urlando: "Viooooola aiutami, ho le doglie, sto per partorire chiama un'ostetrica preeeeesto!" Lei non chiama nessuno ma sale sulla pancia del padre e comincia a saltare freneticamente. Lui urla di più, ma lei continua a saltare sul pancione e sorridendo gli urla: "Sta zitto che se salto forte ti faccio partorire, zitto e spingi spingi spingi!!!" Improvvisamente con un forte vento rumoroso il padre partorisce banconote di tutti i tipi, di tutti i colori, sono belle ma emanano un odore

23

puzzolente, tanto fetido che Viola scende dalla pancia che ormai è vuota e si allontana volando in alto nella stanza. Il padre sembra morto dopo quel parto strano, ma lei non se ne cura, vede sua madre sul davanzale, la prende per mano e volano dalla finestra su nel cielo. Dopo questa immagine il sogno si interrompe.

Al mattino, come al solito lo trascrive. Si ripromette di portare i suoi appunti ad un eventuale psicologo.

Appena aggiornato il suo diario dei sogni va in cucina, prepara il caffè e sveglia Aldo.

"Aldo svegliati, il caffè ti aspetta, vuoi che te lo porti?"

"No, no, mi alzo, prendo il caffè e vado subito a farmi una doccia quasi fredda."

"Perché fredda?"

"Ho detto quasi fredda. Ho bisogno perché non vorrei sentirmi stordito come ieri sera, anzi poi mi sono tranquillizzato perché ho visto che tu l'hai presa bene. Mi congratulo... sei stata proprio equilibrata!"

"Beh... sai anche io non me l'aspettavo... ma è un po' che rifletto sull'aspetto positivo di tutta la situazione. E sai che ti dico, caro maritino, ti dico che l'aspetto positivo c'è. Ora devo riflettere per come far arrivare questo mio pensiero alla mamma. Adesso è tornata a casa sua, non voglio che si intristisca. Non voglio che soffra per una situazione che è tutta a suo vantaggio. Devo trovare le parole giuste e il momento giusto per darle questa nuova notizia".

Il giorno dopo si sente pronta ad affrontare il discorso con la madre. Le ricorderà quanto è stata sola durante la sua vita matrimoniale, sola e prigioniera perché era sposata e doveva vivere con certe regole, così aveva vissuto la nonna, così la madre, per lei era tutto naturale. Il marito sempre in giro per lavoro, solo lei doveva occuparsi della figlia, della casa, spesso anche della madre e della nonna se avevano delle difficoltà o erano ammalate. Talmente era importante per lei il dover accudire che non le era passato mai per la mente che avrebbe potuto trovarsi un lavoro, che avrebbe potuto vivere la sua vita diversamente. E non meno importanti per lei erano le opinioni del marito maschilista. Lui lodava sempre le poche donne che si occupavano solo del marito, dei figli e della casa. Viola vuole ricordare tutto questo alla madre, vuole farle capire che lei non aveva vissuto quella che avrebbe potuto essere la sua vita, scelta da lei, ma aveva vissuto la vita che avevano imposto a lei con l'educazione retrograda dei genitori, dei nonni e con la prepotenza del marito. Viola si propone di scuotere la madre affinché trovi il coraggio di cercare la sua strada, di cercare la vita che amerebbe vivere, di trovare la vera se stessa. Vuole farle sentire profondamente che non è mai troppo tardi.

Mentre entra nel portone di sua madre sente che, anche se si è preparata, non sarà facile. Sale le scale sperando di trovarla non troppo giù di morale. Prende le chiavi, ha per abitudine di non suonare, di aprire e di chiamarla per far sentire che è arrivata, ma appena apre sente delle risate argentine e allegre provenire dal salone, si ferma un attimo per comprendere, sente un chiacchierio che si alterna ancora a risate e risatine. Rimane stupita nel sentire la voce femminile, quella della madre e una voce maschile che non è certo quella del padre. È sconcertata ma piacevolmente incuriosita, si fa coraggio e chiama: "Mamma, sono arrivata..."

"Viola cara entra, sono nel salone"
Viola entra, mentre i due si alzano e le vanno incontro. Ester, sorridente e per nulla imbarazzata, come fosse una donna di mondo: "Viola, ti presento Dario... Dario ora conosci la mia dolcissima figlia" Si danno la mano cordialmente ed Ester, invitandoli ad accomodarsi, rompe il ghiaccio: "Violetta, ho conosciuto Dario al corso di informatica. Tutti e due vogliamo approfondire per saper usare meglio il computer... e allora

qualche volta ci esercitiamo a casa." Interviene Dario: "Voi giovani siete bravissimi, praticamente siete nati con il computer, noi vecchietti (sorridendo ironizza) dobbiamo darci da fare per stare al passo coi tempi"

"Voi non siete affatto vecchietti, siete ancora giovani e anche belli!"

Viola aveva detto la verità, non solo la madre è ancora una bella donna, ma anche Dario è un bell'uomo, ha tutti i capelli, sono brizzolati e gli donano un certo fascino, niente pancia, alto e slanciato. Insomma tutto il contrario del padre, che di bello ha solo i quattrini, è invecchiato decisamente male. Fanno quattro chiacchiere del più e del meno, ma ben presto Viola se ne va con una scusa. Vuole lasciarli soli. Si sente sollevata. La madre sta cominciando a vivere.

Rientra a casa e trova Aldo che parla concitatamente al cellulare: "Senta Amerigo, non è che lei, ogni giorno se ne uscirà con cose sgradevoli?... Io non ne voglio sapere nulla, ne parlerà con Ester, anzi con l'avvocato di Ester... senta... tanto sicuramente non serve a nulla parlane con me. Buonanotte." E chiude la telefonata.   "Ancora mio padre?! Che voleva?"

"Senti Viola, tu continua a prenderla bene come stai facendo, tanto le situazioni dei separati si somigliano tutte. Si comincia con il decidere di separarsi e si continua con infinite liti sui beni immobili e mobili...ecc... adesso lui vuole che tua madre gli ridia la casa di abitazione che lui le aveva intestato per paura degli impicci che fa, ma tu non ti preoccupare, tanto non la può pretendere. Legalmente, a tutti gli effetti è a nome di Ester"

"Hai ragione, tutto quello che ora quel rimbambito di mio padre farà o dirà ci deve entrare da un orecchio e uscire dall'altro, (tutta frizzante) ma io invece ti devo dire una cosa carinissima... mia madre ha un corteggiatore!"

"Davvero! Racconta così mi fai passare il malumore."

Viola le racconta tutta gasata la novità, già fa castelli in aria e fantastica sperando che accada il meglio del meglio a sua madre.

Aldo cerca di non farla esagerare con i pronostici, ma non riuscendoci si mette a fantasticare con lei. Quando sono stanchi di fare previsioni, decidono di rilassarsi con la TV. È parecchio tempo che Viola non vede i suoi documentari sugli uccelli, ne ha comprati molti ma ne ha visti solo la metà, ha interrotto questo aggiornamento sui volatili quando si è dovuta occupare della madre, del suo dispiacere. Ora appunto le rivengono in mente i documentari trascurati, sta per inserirne uno, ma Aldo le chiede di vedere un film horror. Lei lo accontenta, si accoccolano sul divano e, come prevedibile, dopo circa un'ora si addormentano. Lei vorrebbe fare sogni belli, ma le capita assai di rado. Ora sul divano, neppure troppo comoda, con il sottofondo musicale di quel film impressionante, cosa può sognare?

Si vede seduta sul divano, al posto del televisore c'è un'enorme corona di fiori ma dalle corolle stranamente fuoriescono come degli orologi a cucù che le fanno una specie di linguaccia. Osservando meglio, le loro lingue sono banconote listate a lutto, improvvisamente vede il tavolino di cristallo, che sta nel mezzo del salone trasformarsi in una bara. Aldo seduto vicino a lei, si alza e lentamente va ad adagiarsi nella bara, dolcemente la chiama e anche lei va ad adagiarsi a fianco. Inspiegabilmente si sentono bene, a loro agio. L'interno della bara è morbido e bianco, le ricorda le nuvole del primo sogno, si sorridono sereni, si fanno le coccole, ma vengono interrotti da una specie di mostro-Amerigo. Il padre ha l'aspetto che aveva nel sogno del parto, con la sua panciona aperta e svuotata. Questo essere immondo, velocemente prima che loro comprendano, chiude la bara e si mette sopra, i poveretti urlano, provano con le mani ad aprire, ma lui è troppo pesante, non ce la fanno. Un urlo del padre, che nella realtà è un urlo del film horror, la fa svegliare. Il cuore le batte forte forte, per fortuna la visione reale del tavolinetto di cristallo, sempre bello lì al suo posto, la rincuora. Si alza, prende subito il diario dei sogni e trascrive anche questo incubo. Poi scrive a caratteri cubitali "BASTA CON QUESTI INCUBI!" e si ripromettere di prendere ogni sera, prima

27

di andare a dormire, una bella camomilla e di pensare che sua madre ora sta cominciando una nuova vita. Sveglia delicatamente Aldo e vanno a letto.

Prima di addormentarsi pensa che questi sogni sono facilmente interpretabili, forse non c'è necessità di interpellare uno psicologo. Si ripromette di rileggerli e di cercare di capire, ma non ora, solo quando sarà più serena. Adesso chiede a se stessa di fare solo sogni belli, ma sa bene che "ai sogni non si comanda."

E per analogia con "al cuor non si comanda" cosa sta accadendo ad Ester? Di tutto e di più. Il tempo passa e lei è sempre più attiva. Come già detto, va al corso di informatica, inoltre si è iscritta ad un'associazione culturale che offre molte opportunità, fra cui viaggi, passeggiate per conoscere di più e meglio Roma, cene per socializzare, teatro e serate danzanti. Ester ancora, come si dice, è alle prime armi, ma già progetta di cimentarsi e conoscere un po' di tutto. Forse la libertà all'improvviso le sta dando alla testa, ma meglio così che chiusa in casa. Si sente come un'adolescente che vuole capire che succede intorno a sé.

Durante le prime esperienze che sta facendo, nota che attira l'attenzione dei pochi uomini che ci sono. E sì, perché ovunque si vada al giorno d'oggi ci sono una miriade di donne single e pochissimi uomini. A teatro su dieci donne si intravedono sì e no due- tre uomini ovviamente accompagnati dalle rispettive mogli o compagne. Sembra che i single appartenenti al sesso forte abbiano paura ad uscire da soli. Nelle sale da ballo idem, lo stesso nelle passeggiate culturali, identica storia per quanto riguarda i viaggi di gruppo. Tutte le donne single si domandano dove siano finiti gli uomini di una certa età. Ma tornando ad Ester, se anche in lei, come in tutte le donne, c'è il desiderio di essere corteggiata, non ha problemi perché, per sua fortuna, è ancora bella. Dicono che la bellezza non è tutto, ed è verissimo, però a prima vista conta davvero molto. E lei, che da sposata non sapeva di piacere, si sta accorgendo adesso che piace e piace anche perché ora è allegra e socievole. Da giovane non aveva provato la soddisfazione di essere molto corteggiata, il suo primo amore era stato solo una grande delusione, poi si è fidanzata e sposata presto, quindi a parte qualche complimento fatto da qualche conoscente, subito stroncato sul nascere dall'educazione rigida che aveva ricevuto, non è accaduto altro. Dopo il fidanzamento e il matrimonio, con il marito sempre intento a "marcare il suo territorio", non avrebbe certamente potuto ricevere neanche un complimento. Quindi lei, probabilmente, non aveva mai saputo di piacere. Con la nuova vita forse lo scoprirà. Non avendo vissuto un'adolescenza normale, ora si sente adolescente e comincia ad avvertire qualche farfallina nello stomaco per Dario. Vede lui veramente come un principe azzurro, cortese, molto educato, sensibile e rispettoso nei confronti del gentil sesso e, per di più, anche bello. Per il momento si vedono solo al corso e quasi tutti i giorni a casa per esercitarsi al computer, ma lei pensa che forse lui è troppo educato e timido per "buttarsi" subito. Spera che fra un po' le chiederà di uscire, di andare a cena perché le sembra che ci sia molta simpatia e sintonia fra di loro.

Oltre a questo gentleman, lei ha già conosciuto, molto superficialmente vari uomini durante le esperienze che ha cominciato a fare, ma nessuno è come Dario. Alcuni sono non troppo delicati nel parlare e anche i loro complimenti non sempre gradevoli e graditi, troppo espliciti senza quella delicatezza che lei sogna. Durante una gita ne ha osservati alcuni proprio sgradevoli, un po' pesanti, ai quali chiaramente lei non ha dato la benché minima confidenza. Insomma per farla breve, Dario sarebbe l'uomo dei suoi sogni.

Intanto Viola non vede l'ora di saperne di più su Dario, ma non trova il momento buono per andare a trovare la mamma. Ora non sarebbe più piombata in casa come d'abitudine, teme di trovarsi davanti agli occhi l'inizio di una "love story" e non vuole disturbare il volo, verso la vita, di sua madre.

Quindi le telefona prima per dirle se può andare da lei, ma spesso sta facendo i suoi esercizi con Dario, altre volte sta per uscire, e alle richieste di Viola di farle sapere qualcosa sull'andamento della sua vita o sul suo nuovo amico, lei risponde a monosillabi e la saluta subito raccomandandole di stare tranquilla perché tutto va a meraviglia.

Con queste parole rassicuranti Viola non può far altro che lasciarle vivere in pace la sua nuova vita. Prima o poi si sarebbero viste e avrebbero fatto una bella chiacchierata.

Adesso Ester si sente proprio come in una fase adolescenziale, anche se notevolmente posticipata. È vero che comincia a sentire le prime farfalline nello stomaco quando pensa a Dario, ma è pur vero che vuole scoprire tutte le opportunità che la circondano. D'altronde Dario non le ha mai proposto di uscire e lei vuole stare a casa il meno possibile. Vuole conoscere il mondo che la circonda.

Durante una delle passeggiate culturali che fa per apprezzare di più Roma, parla un bel po' con una simpatica, loquace signora della sua età, che dopo la passeggiata le propone di sedersi in un bar per un aperitivo. Probabilmente l'aperitivo alcolico ha sciolto la lingua anche ad Ester e le due chiacchierano piacevolmente come fossero amiche di vecchia data. La signora, di nome Mara, anche lei separata e single, le chiede di scambiarsi il numero dei cellulari così avrebbero avuto modo di sentirsi. Prima di salutarsi, Mara, che è una specie di fiume in piena, le propone di andare a ballare insieme. Ester, un po' perplessa, le fa presente che non è mai andata a ballare e subito "Il fiume in piena" l'aggiorna su come funzionano le sale da ballo, le racconta che ne frequenta molte dove si cena, si conversa, se si vuole si balla e si passa una bella serata. Ester, che sta spiccando il volo non le dice di no, e si ritrova subito subito con un appuntamento per il sabato successivo.

È il tardo pomeriggio di sabato del primo ballo. E sì, del primo ballo perché Ester non aveva frequentato mai sale da ballo, balere e tanto meno discoteche. Con il marito spesso andava al ristorante, frequentavano anche bei ristoranti con amici comuni, ma tutto lì. Ed ora si ritrova a dover andare al ballo "come debuttante". Ha un bel guardaroba, ma non sa cosa potrebbe essere adatto all'occasione. Aveva chiesto a Mara un parere, lei tranquillamente le aveva risposto che al giorno d'oggi anche a teatro si va senza farsi problemi sull'abbigliamento e che poteva mettersi un po' più elegantina, ma niente abiti da sera lunghi perché si sarebbe sentita fuori luogo. Ester, dopo aver frugato tra gli abiti, opta, essendo esile, per un tubino nero, leggermente scollato, al quale aggiunge un fiore di tulle color rosa cipria, lo appunta appena sotto la spalla e completa con una collanina di corallo rosa. È sicura che questa mise sobria sarebbe andata bene ovunque, infila scarpe adatte con tacco alto ed è pronta. La sua amica è puntualissima e all'ora stabilita suona al citofono di Ester, che, puntuale anche lei, scende. Mara è fuori dalla sua macchina ad attenderla. In una frazione di secondo Ester realizza che l'abbigliamento della sua amica tanto sobrio non è. Ha una minigonna non certo adatta a lei, sia per la sua età, sia per le sue abbondanti cosce ed altrettanto abbondanti ginocchia. Ester, mentalmente si rimprovera, non vuole giudicare, anzi si ripromette di rivedere un po' i suoi parametri, che ora pensa siano probabilmente ristretti. Deve abituarsi ad un mondo più variegato, visto che adesso vuole viverci "a tutto tondo". Mara le va incontro dicendole che è carinissima e molto fine. Ester è piacevolmente sorpresa perché pensa che avendo palesemente gusti diversi non l'avrebbe apprezzata. Durante il tragitto l'amica la rincuora dicendole che sarebbe venuta prenderla sempre con la sua macchina. Nella loro precedente chiacchierata Ester le aveva detto di aver guidato poco nella sua vita, quindi Mara prende la decisione più tranquilla. Arrivate a destinazione, durante il parcheggio, un continuo "ciao ciao ciao" comincia ad echeggiare nell'aria. Sono tutte e tutti conoscenti di Mara. Le due scendono dalla macchina ed è un susseguirsi di incontri, saluti e presentazioni. I complimenti dei maschietti, sarebbe più consono dire dei vecchietti o quasi, nei confronti di Ester, non si fanno attendere. Sono subito calmati da Mara, che è una specie di leader nel gruppo: "Calmarsi, calmarsi, Ester è amica mia e guai a chi me la tocca! È la prima volta che viene a ballare, non me la spaventate! Andiamo! Dentro ci aspettano gli altri!"

Si incamminano tutti verso il ristorante tra risatine e chiacchiericci.

Entrano e ad Ester appare un enorme sala illuminata, con molti tavoli, tondi o rettangolari, apparecchiati molto bene, per circa otto persone ognuno. Le sedie sono ricoperte da una bella stoffa damascata candida, quasi lucente. In fondo un complessino sta accordando gli strumenti. Mara va verso Giuliana, la persona che si occupa del gruppo che, salutandola, le indica quale è il tavolo assegnato a lei e ad Ester. Prima di sedersi vanno entrambe a finire di salutare altre persone e di nuovo si susseguono le ultime presentazioni.

Si siedono e immediatamente ben quattro dei pochissimi uomini che ci sono nel gruppo vanno a sedersi al loro tavolo. Giuliana va subito a far notare ai signori che gli altri tavoli sono formati da quasi tutte donne e che sarebbe più educato distribuirsi meglio, ma i quattro fanno finta di nulla e rimangono tranquillamente seduti. Due signore si erano già sedute prima degli altri e quindi il tavolo da otto è completo. Ester osserva comprendendo pian piano l'andamento.

Il suo sguardo vaga, è un ambiente che non conosce, le sembra tutto un po' strano, specialmente l'abbigliamento delle signore. Lei non vorrebbe giudicare, ma certe scollature enormi su signore avanti negli anni, quei seni prorompenti, avvizziti le sembrano di cattivo gusto. Si siede accanto a Mara e si presentano al resto dei commensali già accomodati al loro tavolo.

In attesa della cena il complesso comincia a suonare, parecchie coppie vanno al centro della sala e cominciano a ballare. Mara la rassicura spiegandole che quando si cenerà la musica sarà a volume più basso e cesserà per un po' di tempo, così potranno parlare tranquillamente. Ester per il momento è poco interessata a quello che sta dicendo Mara perché invece è molto interessata ad osservare questo spicchio di umanità così colorata, scintillante, un po' volgare, un po' ridanciana che le fa venire in mente lo struggente "Ridi Pagliaccio" dell'opera di Leoncavallo. In una manciata di minuti pensa di tutto forse perché Mara le ha detto che ci sono molti separati e vedovi in queste feste. Quelle persone cosi colorate, così luccicanti, con i volti che ostentano una esagerata allegria, stanno esibendo solo una maschera? Fingono per cacciare il buio che hanno dentro? Con quelle risate vogliono solo schiacciare e scacciare il dolore che sentono? Sono tutti, uomini e donne, di una certa età con parecchia vita vissuta e sofferta. Le sembra di veder brulicare sulle teste dei festaioli, separazioni, abbandoni, lutti, solitudini, le sembra che quella tanto palesata allegria non sia altro che la richiesta di uno stordimento, di una fuga dal dolore. Sente che tutto questo vale anche per lei che non ha trovato nella vita l'anima gemella, che ha avuto solo delusioni come donna e che ora sta lì per buttarsi in una festa da ballo che non la rappresenta. Riderà anche lei? Fingerà anche lei? Lei che voleva innalzarsi con i suoi quadri ora forse precipiterà in un baratro che non le appartiene? Si accorge che i suoi occhi si stanno bagnando, non vuole piangere, si rimprovera per i suoi pensieri. Mara si accorge subito del luccichio negli occhi di Ester e la soccorre prontamente. Versa subito del vino nel calice dell'amica e nel suo e con un largo sorriso la invita a fare un brindisi alla loro nuova amicizia. Poi le sussurra: "Coraggio, non darla vinta al dolore, tutto passa..." Il vino provoca subito ad Ester una leggera euforia. Uno dei signori la invita a ballare, lei declina l'invito dicendogli che non sa ballare, lui si offre di insegnarle, ma lei continua a rifiutare spiegandogli che per ora deve ambientarsi.

La leggera euforia non è sufficiente per buttarsi nel ballo, ma sente la voglia di capire quel mondo, che ora appare così strano. La musica non è più ad alto volume per cui possono cominciare a conversare. Ester è quella che ha più curiosità, non conoscendo l'ambiente, e si rivolge a Mara: "Quelli che stanno ballando sono tutte coppie?"

"Non è detto. Può anche essere che non si conoscano neppure" "Vedo tutti abbracciati, anzi alcuni quasi avvinghiati..."

"Ester cara, tu finora sei vissuta nel mondo delle nuvole, bisogna che ti faccia presente, il presente, scusa il gioco di parole. Allora, come tu ben sai, al giorno d'oggi ci sono in giro più separati e divorziati che sposati per cui fra quelli che ballano ci sono più single. Vedi non tutti sopportano la solitudine e allora cercano distrazioni, come stiamo facendo ora noi."

Interviene Simonetta, una delle signore seduta al loro tavolo: "C'è un po' di tutto. (approfitta del fatto che gli uomini del tavolo sono sparsi nella sala per parlare più liberamente) Gli uomini vanno in cerca di avventure, tranne, forse, i vedovi che essendo abituati a stare in coppia, a volte desiderano avere un'altra moglie. Le donne, anche se non tutte, sono come gli uomini in cerca "dell'acchiappo", puoi vedere dall'abbigliamento. È vero che l'abito non fa il monaco, ma spesso lo fa." Sia Simonetta che Lea, l'amica seduta a fianco, hanno abiti decisamente più di buon gusto. Anche Lea entra nel discorso: "Ognuno si vesta come vuole! Forse sono appariscenti perché al giorno d'oggi di uomini della nostra età se ne vedono ben pochi in giro e allora le signore vogliono mettersi in evidenza. Spesso ci domandiamo perché ci siano dappertutto più uomini che donne... forse perché appena si viene a sapere che sono single vengono immediatamente irretiti dalle donne single del loro entourage."

Mara interviene: "Mi fai venire in mente un fatto che mi hanno raccontato...ripensandoci mi sembra veramente assurdo... comunque mi hanno assicurato che è verissimo.

Allora, ve lo racconto... una signora vedova, che voleva trovare assolutamente un nuovo marito, si guardava spesso intorno pensando che un probabile consorte non avrebbe, di certo, bussato alla porta di casa. Ovunque constatava la scarsità di uomini della sua età in giro e nel contempo constatava un'infinità di donne coetanee sempre intorno: per strada, nei teatri, nei cinema, in chiesa, perfino nei cimiteri. A questo punto si disse che non ne poteva più. E proprio lì, nel Camposanto, osservando le lapidi, si rese conto che era tragicamente vero che l'aspettativa di vita delle donne è superiore a quella degli uomini. Constatava che le donne vissute molti, molti anni erano di gran lunga superiori agli uomini che erano morti molto anziani. Cominciava a comprendere il pullulare eccessivo di donne di una certa età in ogni luogo.

A questa scarsità di uomini doveva assolutamente porre rimedio. Quindi invece di rassegnarsi cercò un'idea e la trovò. Ormai erano circa due anni che andava a mettere fiori freschi sulla tomba del suo defunto consorte, quindi era diventata, come si dice "di casa". Conosceva parecchi posti perché molte amiche le davano l'incombenza di mettere fiori freschi anche ai loro cari. Ora quell'idea un po' balzana e un po' intrigante le fece comprendere che avrebbe dovuto fare il segugio per raggiungere il suo, a dir poco, stravagante scopo. Si prefisse di girare per lungo e per largo nel cimitero per trovare un vedovo fresco, intento a dare l'ultimo saluto alla povera moglie. Non fu facile perché, anche se lei ormai sapeva gli orari più consueti in cui avvenivano le tumulazioni, e astutamente si recava in quegli orari, dovette aspettare molti giorni invano e muoversi parecchio tra le tombe. Questo non le dava tristezza perché pensava che la sua caparbietà avrebbe dato i suoi frutti. Quante volte vedendo una bara, gli uomini delle pompe funebri e un gruppetto di persone avvicinarsi ad una tomba vuota, aveva pensato che sarebbe stata la volta buona! Spesso intuiva subito che non era quello che attendeva perché solo le donne erano piangenti e gli uomini non della sua età. A volte, essendo nel dubbio, osava avvicinarsi con un volto mestissimo e osava anche sbirciare il nome del caro estinto, che era sempre un uomo.

Un giorno invece fu la volta buona, vide il solito gruppo, con la solita bara, un po' più piccola del solito, che un distinto uomo toccava con affetto. Si disse che era lui l'uomo che aspettava, distinto e sensibile considerando il suo comportamento. Si avvicinò sempre con il solito viso mestissimo, che sprizzava empatia da tutti i pori, per cui se anche qualcuno l'avesse osservata avrebbe solo potuto pensarla vicina al loro dolore. Comunque era un gruppo consistente e nessuno la guardava. Tutti erano vicini al povero vedovo per consolarlo. Altra prova la ebbe sbirciando il nome, la defunta era una donna. Rimase ancora lì per capire meglio e le parole giuste per tranquillizzarla definitivamente non tardarono ad arrivare. Una ragazza, abbracciando l'uomo, lo confortava dicendogli: "Coraggio papà, la mamma soffriva tanto, è meglio così. Pensa che siete stati bene in tanti anni di matrimonio sereno. Avete avuto tanto dalla vita, ora tu ti devi riprendere. Mamma vorrebbe che tu vivessi bene il resto della tua vita."

La vedova "allegra" si disse che era fatta, che ci avrebbe pensato lei a fargli vivere bene la vita.

A questo punto Mara, che sta raccontando con dovizia di particolari la storiella, viene interrotta dal cameriere che comincia a portare gli antipasti. Simonetta la sprona: "Veloce, veloce, dicci come va a finire che tanto l'antipasto non si fredda" Anche Lea è interessata: "Dai! Ormai siamo curiose..." Mara continua sintetizzando, anche perché quell'antipasto fa gola.

"E dopo la vedova allegra andò tutti i giorni vicino alla tomba della povera signora, sicura che il marito sarebbe tornato presto e infatti presto lo vide lì. Lei gli si avvicinò e porgendogli le condoglianze, gli disse di averlo notato il giorno della tumulazione e che si era commossa vedendolo così addolorato. Gli fece arrivare tutta l'empatia che provava per aver vissuto lo stesso dolore. Si offrì di fargli compagnia, di ascoltarlo perché lei sapeva bene che ora lui avrebbe avuto bisogno di sfogarsi, di parlare per liberarsi pian piano da quell'angoscia. Fece in modo di dargli appuntamento al cimitero, così avrebbero omaggiato insieme i loro cari e avrebbero avuto modo di consolarsi a vicenda. Dopo qualche giorno gli propose di prendere una bibita al bar per parlare con più comodo. Si videro sempre più spesso e lentamente cominciò la loro love story. Così facendo, la vedova allegra, senza scrupoli, aveva battuto sul tempo tutte le vicine di casa single, le colleghe di lavoro single, le conoscenti single del distinto e piacente vedovo single. Per lei è finita bene, spero anche per lui.

Vi è piaciuta la storia a lieto fine? Adesso mi merito un goccetto di vino e questo abbondante antipasto!"

Mentre iniziano a mangiare qualcuna ridacchia, qualcuna mostra sconcerto per l'intraprendenza della vedova, comunque tutte notano l'originalità della storia, sia che sia vera oppure inventata.

In attesa del primo piatto Ester, essendo diventata sempre più curiosa di conoscere il mondo dei single, comincia a parlare per sapere: "Io sono separata da qualche mese, quindi sto muovendo i primi passi nella vita da single, voi come vivete la vita da single? Non lo dico per impicciarmi, ma perché ne ho bisogno per entrare più consapevole in questo mondo."

Mara (*semplicemente*): "C'è chi sta bene e c'è chi sta male, c'è chi soffre la solitudine e chi sta meglio da sola. Chi soffre tanto la solitudine cerca un compagno a tutti i costi e magari prende un'altra fregatura. C'è chi, come me, sta bene da sola e che ogni tanto ha qualche storiella, senza impegni. C'è chi non sta bene da sola, ma non vuole storielle e se non trova il principe azzurro preferisce stare sola, come Lea e Simonetta, diteglielo voi se v'ho inquadrato bene?

Lea è la prima ad intervenire: "In un certo senso hai ragione, ma non è che crediamo ancora al principe azzurro, vorremmo trovare l'uomo giusto per noi."

Simonetta continua: "Un uomo serio, affidabile. Noi siamo amiche da tanti anni e sappiamo bene cosa abbiamo sofferto nella nostra vita matrimoniale. Se abbiamo la fortuna di incontrare l'uomo giusto bene e sennò andiamo avanti con la nostra vita che, comunque è piena di interessi"

Gli uomini del tavolo appena sentiti discorsi non superficiali e comunque non forieri di frivole avventure, si sono dileguati nella sala e ballano a più non posso con signore, apparentemente, meno impegnative.

Simonetta ancora: "Ecco vedi, gli uomini che si sono seduti in questo tavolo, soprattutto per te che sei nuova e una bella donna, quando hanno visto che tu non vuoi ballare e noi abbiamo cominciato a fare discorsi, non proprio scemi, si sono dileguati. Vogliono unicamente "rimorchiare" e torneranno a sedersi solo per mangiare".

Ester: "Ora qualcosa la comincio a capire. Certamente è squallido, ma io continuerò a venire qualche volta per fare una chiacchierata con voi e sentire un po' di musica; ma di uomini sbagliati già ne ho avuti due nella mia vita, il mio ex marito e il mio primo amore. Non ho intenzione di ripetere l'esperienza, per cui o sentirò di aver trovato l'uomo giusto o rimarrò sola e mi creerò una vita piacevole, piena di interessi. Comunque ognuno deve fare ciò che sente. Se tu Mara ti senti bene così, libera di avere qualche storia senza impegni, fai bene. Tu soprattutto hai bisogno di spensieratezza, di allegria... comunque sai che ti dico, un po' di allegria ci vuole. Mi hai detto che fanno anche molti balli di gruppo, quando li suoneranno ci buttiamo tutt'e quattro, io vi guardo e vi seguo. Ok?"

Mara euforica: "Così mi piaci! Andiamo che questo è proprio un ballo di gruppo." Si gettano nella mischia, Ester guarda loro e imitandole comincia a ballare.

Quando torna a casa però avverte una certa malinconia e prima di addormentarsi vuole capire il perché di questo malumore. Riconosce che le sale da ballo come quella non sono il suo ambiente, ma se non vuole passare tutti i sabati sera da sola dovrà adattarsi. Poi le tornano in mente le frasi che ha sentito qua e là dai rappresentanti del genere maschile. Non le sono piaciute e non le sono piaciuti nemmeno loro. Le sembravano uomini superficiali, alcuni si pavoneggiavano senza motivo, altri facevano i galletti con le signore, ma essendo così attempati diventavano ridicoli. Insomma nessuno che somigliasse, anche vagamente, al suo amico Dario. Lui sì che appariva ai suoi occhi un principe azzurro. Sempre educato, gentile, un vero gentiluomo... e pure bello.

Comincia a fare sogni ad occhi aperti su una possibile love story con lui. Si rende conto però che Dario, pur avendo molto piacere di passare del tempo con lei, non ha fatto mai nessuna "avance". Ester pensa che essendo così educato, non è escluso che sia anche timido. Ricorda con piacere che una volta le ha detto: "Che begli occhi verdi che hai, mi ricordano il mare della Sardegna", un complimento dolcissimo, ma purtroppo poi invece di continuare con apprezzamenti nei suoi confronti, ha cominciato a raccontare della sua villeggiatura, fatta l'anno precedente sulla Costa Smeralda". È vero che le chiede sempre di fare gli esercizi d'informatica insieme e che si siede ogni giorno vicino a lei durante il corso, ma purtroppo continua sempre e solo così, nessun avvicinamento di altro genere.

Ester dunque decide che per sbloccare la situazione deve agire lei, pensa che lui sia troppo timido per farlo. Ester non è certo una seduttrice, ma per dare coraggio a lui deve per forza di cose sbloccarsi in qualche modo.

Comincia a fare progetti per il lunedì seguente. Già si sono accordati per fare i soliti esercizi nel pomeriggio dopo la solita lezione del corso. È il caso di escogitare qualcosa.

Tra la veglia e il sonno due pensieri li formula. Farà una torta buonissima che le ha insegnato la nonna. Non ha nessuna preoccupazione perché le viene sempre bene. Poi cercherà dei cd romantici e li metterà in bella vista. Non si sa mai. Il ballo del mattone con Dario lo farebbe volentieri. Sente sempre di più le farfalle nello stomaco. Ora le appare chiaro che si è proprio innamorata di lui.

Così si addormenta con i suoi semplici, dolci progetti.

La domenica si sveglia di buonumore. Il malumore che le aveva suscitato la serata danzante è svanito. Ora deve preparare la torta della nonna. Canticchia mentre impasta gli ingredienti e lo fa con una delicatezza e un'attenzione particolare. Sembra che debba partecipare ad una gara di cuochi. Ma questo lavoro fatto con tanto impegno dà i suoi frutti. È venuta una torta degna di una casa reale. Nel pomeriggio sente tutti i cd più romantici che ha. Mentre è estasiata dalle canzoni squilla il cellulare. Le appare il viso di Viola.

"Violetta, ciao tesoro"

Viola facendo il verso alla mamma "Sì sì Violetta, tesoro! Tu non chiami mai, ti ricordi che hai una figlia?!"

"Ma ci sentiamo spesso, l'altro ieri mi hai chiamato tu..."

"Ecco brava, t'ho chiamato io. Ti chiamo sempre io, in genere sono le mamme che si lamentano delle poche telefonate delle figlie, per noi è l'inverso, vero mammina?..."

"Violetta, io penso che tu hai tanto da fare, tra l'insegnamento, la palestra e tuo marito, non ti voglio far perdere tempo..."

"Se io avessi una sorella o un fratello starei più tranquilla, ma i figli unici sentono di più la responsabilità. Per esempio venerdì mi hai detto che saresti andata a ballare sabato sera. Tu non sei abituata ad andare in giro di notte. Voglio sapere se ti sei trovata bene. Se è tutto ok.

"Si tutto ok. Non ti preoccupare"

"Poi ti ho detto di papà, della richiesta di divorzio, ma vai sempre di fretta, non mi hai detto che ne pensi"

"Ma guarda... faccia tutto lui, io ci penserò quando mi arriverà la lettera del suo avvocato, che ancora non è arrivata. Quando arriverà contatterò l'avvocato che abbiamo nel palazzo. Ha una buona fama e soprattutto non c'era simpatia tra lui e tuo padre. Questo mi fa ben sperare, mi difenderà con maggior piacere. Comunque non ti preoccupare io sto bene."

"Brava, stai reagendo bene. Senti... e Dario? Sempre solo amici?"

"Amici certo...ma tu non devi entrare nella vita di tua madre, devi stare tranquilla, io sono adulta e so badare a me stessa."

"Ok, hai ragione. Basta che stai bene e tutto va a meraviglia! Ciao baci"

"Ciao tesoro, baci baci."

Ester continua a fare la sua ricerca sulle canzoni romantiche e ne mette alcune in bella vista.

Ed ecco che arriva il lunedì. Si prepara per andare al corso con un po' di batticuore. Si trucca con più attenzione dando maggior risalto ai suoi occhi verdi con l'ombretto più giusto. Sceglie il vestito che le piace di più ed esce.

Arriva in aula e, come sempre si siede vicino a Dario, che la accoglie con un bel sorriso. È un pochino agitata pensando ai suoi propositi, non riesce a seguire al meglio l'insegnante e non vede l'ora di tornare a casa con Dario. Finita la lezione, come progettato, si incamminano verso casa di Ester parlando del più e del meno.

Eccoli qui che entrano in casa, Dario ha notato che lei oggi è un po' diversa dal solito. Anche durante tutta la lezione si è distratta spesso.

"Ester, stai bene?"

"Sì perché?"

"Mentre l'insegnante parlava ti vedevo distratta e ora sembri stare sulle spine..."

"Sto bene, forse mi sento un po' stanca..."

"Vuoi che rimandiamo a domani i nostri esercizi?"

"No no no resta, anzi mi farà bene parlare con te. Ecco magari non mettiamoci subito al computer, prendiamocela comoda...ora ci beviamo un goccino di cognac, che ci dà coraggio..."

"Perché coraggio?"

Ester ha proprio bisogno di coraggio e si accorge subito del lapsus

"Scusa volevo dire energia, anche ieri mi sentivo giù di corda ed allora ho riascoltato qualche bel cd. Magari dopo ne sentiamo qualcuno."

Lui osserva quelli che lei ha messo in evidenza

"Sei romantica?"

"Molto... ma forse non si vede perché anche io sono timida"

"E chi altra o altro è timido?" lei è in evidente imbarazzo

"Mi sembrava che tu lo fossi..."

"No, non sono timido, forse la mia educazione, a volte, è scambiata per timidezza"

"Bene, allora visto che non sei timido, vieni in cucina e fammi compagnia mentre preparo il caffè...allora è svelato l'arcano, non sei mai entrato in cucina, benché io ti invitassi, per eccessiva educazione, non per timidezza... non essere troppo educato! Vieni, entra e guarda cosa ti ho preparato."

"Una torta!!! Che meraviglia! Neppure in pasticceria sono così belle!!!"

"Mi ha insegnato mia nonna a fare questa torta e tanti altri manicaretti. Dava consigli a tutte le ragazze, non solo a noi di famiglia. Diceva sempre: "Ragazze care...volete sposarvi? Allora sappiate che gli uomini si prendono per la gola" Ester arrossisce perché non sa se sta esagerando. Comunque ormai ha preso il via e sente che non si fermerà.

"Avanti Dario andiamo in salotto... tu porta la torta e io il caffè."

Si siedono e gustano tutto con piacere.

"Straordinaria questa torta, è eccellente... mi devi dare la ricetta perché tu non lo sai, ma anche io cucino molto bene, ho rubato con gli occhi i segreti di mia madre..."

"Incredibile! Tutte le doti le hai tu! È strano che non sei sposato. Quando me lo hai detto ho pensato che sia stata solo sfortuna. Sicuramente tra la miriade di donne, che ti avranno corteggiato, non hai trovato la donna giusta... (Dario non replica)

consolati è andata peggio a me, tu non hai trovato la donna giusta, io invece ho trovato due uomini sbagliati... comunque bando alle ciance, siamo due sigle poco fortunati... ma noi dobbiamo avversare la sfortuna divertendoci...ti propongo una sfida, una gara di cuochi. Visto che cuciniamo tutti e due bene, io una sera ti invito a cena e un'altra sera mi inviti tu..."

Dario è in evidente imbarazzo.

"Io sono bravo, ma è molto tempo che non mi esercito, meglio soprassedere..."

"Ti faccio un'altra proposta perché non voglio stare il sabato sera a casa. Sabato scorso sono andata a ballare con delle conoscenti. Premetto che le sale da ballo non sono il nostro ambiente, ma per divagarci un po' se vieni un sabato io mi sentirei più a mio agio..."

"Non ci sentiremmo a nostro agio nessuno dei due. Se non è il nostro ambiente che ci andiamo a fare!?

"Hai ragione!   Ma qualcosa per divertirci ci vuole. Non possiamo solo andare al corso di informatica e fare esercizi. Fammi pensare... Ecco a tutti e due piace il teatro ... andiamo a teatro!"

"Vediamo un po'... non so...

"Dario, a questo punto non so che dire... mi sembrava che ti piacesse la mia compagnia..."

"Certo che sto bene con te, qualsiasi argomento affrontiamo ci troviamo a nostro agio come vecchi e collaudati amici...

"E allora perché non ci vediamo pure di sera o nei giorni festivi per fare qualcosa di bello insieme? Siamo tutti e due single, a chi diamo fastidio? Non facciamo male a nessuno."

Attimi di silenzio, ma lunghissimi attimi di silenzio, poi Dario visibilmente addolorato si confida.

"Dolce amica, ti sta accadendo una cosa che non doveva accadere... la mia dolce Ester dai meravigliosi occhi verdi... non ti doveva succedere...siccome ti voglio molto bene e mi fido di te devo dirti tutto perché tu possa difenderti."

Le prende teneramente una mano e le parla con evidente difficoltà.

"Tu sei un tesoro... sarei davvero un uomo felice se potessi amarti come forse vuoi tu... ma io non posso..."
Frena l'evidente emozione e si fa coraggio.

"Sono omosessuale e lo sono sempre stato... non sono single, convivo con il mio compagno. Ci amiamo da quando eravamo ragazzi... abbiamo sofferto tanto per il fatto che siamo diversi. La società non è stata buona con noi, ma questo ci ha unito ancora di più."
Ora c'è un doloroso silenzio e negli occhi di Ester appare una sorta di incredulità che la pervade.

"Credimi...non voglio perderti...sei l'amica più tenera che io potessi mai desiderare"
Ester lo guarda, attonita, con gli occhi smarriti bagnati e lucenti davvero come due smeraldi. Si abbracciano per lunghi momenti, sentono che le loro anime, in qualche modo, vogliono essere unite. Si abbracciano come per confondersi nel loro diverso, ma reciproco dolore. Poi Ester si ricompone e guarda negli occhi Dario cercando le parole, che a stento trova.

"Dario, ora sono frastornata, disorientata. Si sono infrante di nuovo le mie speranze di donna. Tu non hai nessuna colpa, sei stato sempre corretto, io ho fantasticato troppo."

"Forse io avrei dovuto dirtelo appena abbiamo cominciato a frequentarci, ma credimi per noi diversi nulla è facile. Passavo delle ore molto belle con te, forse avevo timore che confidandomi avrei rotto quell'armonia che c'era fra noi. Non ho avuto coraggio."

"Lo comprendo e ti comprendo, tu non hai nulla da rimproverarti. Solo che ora non so come gestirò questa cosa. Come gestiremo questa cosa."

"Sappi che io non vorrei perdere la tua amicizia preziosa, ti voglio bene davvero Ester, ma sei solo tu che dovrai prendere una decisione. Non voglio e non posso essere egoista. Soltanto se tu sentirai di potere trasformare i tuoi sentimenti in amicizia, senza soffrire, potrà esserci un futuro per noi."

"Hai ragione. Comunque ci vorrà tempo per capire cosa è meglio per noi. In questo momento sono addolorata, molto confusa, non so davvero cosa dire, non so formulare neppure i pensieri, non so se sia meglio parlare o tacere... ma cosa potrei dire?... Potrei dire solo che sono una sciocca perché mi innamoro sempre di uomini sbagliati che non vogliono oppure non possono, come nel tuo caso, riempire l'eterno vuoto che c'è dentro me. Il vuoto di una donna che non è stata mai amata come, dentro di sé, avrebbe tanto voluto, tanto desiderato. Tu non hai colpa, tu non puoi colmare questo immenso vuoto. Tu puoi solo amarmi come una cara amica, come una sorella, ma io ho bisogno di essere amata come donna. Ho bisogno che il mio uomo mi abbracci, mi desideri, mi coccoli. Ho bisogno di sentire quella preziosa e tenera complicità che solo due esseri davvero innamorati possono percepire... forse un domani mi basterà una tenera e sincera amicizia, ma per ora è meglio salutarci. Sappi che anche io non vorrei perderti. Domani ci vedremo al corso. Cerchiamo di fingere che nulla sia accaduto. Solo sarà meglio sospendere gli incontri a casa."

"Va bene. È giusto così. Anche se so che non ci sono colpe, mi dispiace immensamente vederti soffrire. Ora so che me ne devo andare, ma se hai bisogno di me per qualsiasi motivo chiamami, ti prego, ti voglio bene."

Ester non dorme molto la notte seguente, un altro sogno infranto le pesa. Questa volta però non è colpa di nessuno. Lei sente che è intatta la sua stima nei confronti di Dario e pensa che in fondo avrebbe dovuto intuire tutto perché Dario è troppo sensibile, troppo corretto, troppo dolce per essere un uomo. Lei ha sempre pensato che spesso gli omosessuali hanno una marcia in più ed ora lo ha costatato. Si addormenta pensando che non vuole perderlo come amico. Lo sente prezioso.

45

La mattina dopo si sveglia, ha stranamente dormito bene tutta la notte. Mentre si prepara il caffè si rende conto di non sentire dolore per quello che è accaduto il giorno precedente. Forse nell'inconscio lo avrà percepito sempre che Dario non era uomo, per come lei aveva esperienza di uomini. In effetti nessuno somigliava a Dario. Si accorge che in fondo, anche se non poteva essere il suo principe azzurro, Dario le piace molto comunque, è davvero una bella persona. Le viene in mente che il suo pensiero sugli omosessuali era sempre stato positivo. Avendone conosciuto qualcuno, si era spesso detta che avrebbe avuto piacere di avere un amico omosessuale. Le viene anche in mente un compagno di classe, che molti denigravano per la sua diversità. Ester invece sentiva di volergli bene e, appena notava che era oggetto delle derisioni dei compagni, lo difendeva con tutto il cuore. A quei tempi, però, era talmente presa dal suo primo amore che non poteva stargli accanto come avrebbe voluto.

Ora la vita le presentava un'altra occasione. Poteva avere un amico con tante doti, anche femminili. Una persona speciale che era uomo e donna contemporaneamente, ma che del genere maschile non aveva le caratteristiche peggiori, quelle che aveva sperimentato a sue spese.

Nel pomeriggio del giorno dopo si vedono al corso di informatica, si comportano come avevano convenuto la sera precedente. Parlano di tutto, ma non di quello che era accaduto. Non mancano neppure i sorrisi fra loro e al momento di salutarsi Ester lo rassicura.

"Ciao Dario, anche se non ci vediamo nei pomeriggi e il corso finirà, vedrai che non ci perderemo"

"Grazie Ester, sono felice che tu mi rassicuri. Vedrai che sarà così"

Tornando a casa, senza Dario, sente il suo pomeriggio vuoto, non ha amiche intime, per cui se vuole parlare un po' di una cosa così delicata, ne può parlare solo con sua figlia. Le telefona e fortunatamente la trova in casa.

"Ciao mamma, qual buon vento ti porta a telefonarmi"

"Quando hai tempo vorrei parlare un po' con te.

"Stai bene?"

"Sì, tranquilla! Vorrei solo parlare un po'..."

"Vieni pure ora. Tra l'altro saremo anche sole perché Aldo sta ancora al lavoro e poi va in palestra."

"Ok, vengo subito e ti porto un bel pezzo di torta. Quella con le mandorle che mi ha insegnato mia nonna!"

"Adoro quella torta, era tanto che non la facevi più!"

"Ciao ciao, arrivo"

Pochi minuti ed Ester suona alla porta di Viola.

"Ciao mamma.... ho fatto il caffè così lo accompagniamo alla torta." Baci e abbracci e si siedono in salotto.

"Senti come è venuta bene la torta!" Dopo il primo boccone Viola è estasiata "Buonissima, è tanto che non la mangio, ma mi sembra la più buona di tutte!" Sorseggiano il caffè e in pochi secondi la torta è sparita.

"Mamma falla più spesso, è veramente squisita, poi quelle mandorle a pezzettoni le danno un tocco che a me piace tanto... che mi dici di bello... con Dario, tutto ok?"

"Prima di tutto voglio rassicurarti che sto bene... ma il rapporto con Dario non è esattamente come lo immaginavo... tu ti eri accorta che non mi era indifferente, pensavo che anche lui provasse qualcosa... ma lui per me prova solo affetto e stima, e non può essere altrimenti..."

"È sposato?"

"No... è omosessuale e felicemente accompagnato"

"Oh nooo! Mi dispiace, ma lui è stato corretto con te?"

"Sempre corretto. Sono io che ho fantasticato su di noi"

"Ma poteva dirtelo prima..."

"Sai per "i diversi" non è sempre facile aprirsi, confidarsi..."

"E ora, che fate?"

"Lui tiene molto alla mia amicizia e anche io non voglio perdere una persona che stimo molto. Tutto dipenderà da me, da come incasserò questo colpo. Io provo qualcosa che non è una semplice amicizia. Sono fondamentalmente romantica, sempre pronta a volare con la fantasia. I miei quadri lo rivelano"

"Io le ho sempre percepite queste tue ali romantiche, ma ho anche sentito che la vita te le ha tarpate...ho fatto anche dei sogni in proposito, non belli. Non ne vale la pena parlarne."

"Comunque ti confermo che sto reagendo bene. Stamane mi sono svegliata col piede giusto. Ho voluto parlarne con te perché tu mi chiedevi spesso di Dario e allora ho voluto aggiornarti."

"Sono molto contenta della tua reazione. Adesso cerca di prendere la vita un po' alla leggera. Divagati, distraiti... non ti chiudere in casa!"

"No, tranquilla, penso di telefonare alla mia amica con la quale sono andata a ballare. Lei è certamente una persona che pensa a divagarsi, a divertirsi..."

"Ecco brava! Tanto lo hai detto tu che sei adulta e vaccinata, quindi sai cosa fare!" Parlano ancora un po', poi Ester va a casa pensando che al più presto telefonerà alla sua amica.

Quella notte Viola ha la percezione di essere ancora legata a doppio filo alla madre. Non sembrava, ma ora sente che ancora il cordone ombelicale non è tagliato del tutto. Se non fosse stata figlia unica, o se Ester non fosse stata così tenera e vulnerabile, forse le cose sarebbero andate diversamente.

Era tanto che non faceva sogni brutti, ma ecco che dopo l'incontro con sua madre il sogno non si fa attendere.

A volte lei quasi percepisce che sta sognando perché nei suoi sogni appaiono sempre esseri alati per lo più uccelli, mai angeli purtroppo. Le appare un passerotto che entra in casa di sua madre, è piccolo e ha bisogno di cure. Ester lo cura con amore e il passerotto cresce a dismisura per tutto il cibo che lui mangia.

Viola entra nel sogno e dice alla madre di farlo volare, di farlo andare via perché cresce continuamente e non entrerà più in casa. La madre non vuole che vada via di casa, anche se l'enorme passero le comincia a mangiucchiare le braccia. Poi sazio va verso la finestra, apre le grandi ali per volare verso il cielo, ma Ester urlando si aggrappa alla sua enorme coda per trattenerlo. La tiene talmente stretta nelle sue mani che vola dietro lui. La coda si strappa e lei cade pesantemente al suolo, mentre l'enorme volatile sparisce, ridiventando piccolo nel cielo. Viola urla guardando dalla finestra la madre esanime. Lei urla anche nella realtà. Aldo si sveglia e la sveglia, ormai abituato a questi eventi. Viola tra la veglia e il sonno pensa che forse non avrà bisogno dello psicologo, infatti comincia a comprendere da sola l'origine dei suoi sogni. È apparso all'improvviso nella sua mente un ricordo. Si rivede quando era molto, molto piccola mentre osservava la madre dipingere uccelli non reali, frutto soltanto della sua fantasia, ma bellissimi, di tutti i colori e di tutte le grandezze. Ricorda anche quanto era felice di questa esplosione di fantasia, di questa miriade di ali colorate che uscivano fuori dalle mani creative della mamma. Le sembravano mani magiche. E ricorda infine che Ester in seguito regalò tutti quei meravigliosi quadri ad amici e parenti. Ora le sovviene anche il forte dispiacere per non aver più visto nella sua casa quelle magie della madre. Poi aveva rimosso tutto nella sua piccola mente. Quelle mani magiche avevano creato altri bellissimi dipinti negli anni successivi, ma quelli che avevano rapito il suo cuore di bambina erano volati via per sempre.

Ora comprende chiaramente che quegli incubi sono il frutto del cordone ombelicale che la lega ancora a sua madre, spera che un giorno riesca a reciderlo. I suoi sogni angosciosi sono il frutto delle delusioni di sua madre, delle sue ali spezzate. Spera che comprendendo pienamente questo, lei riesca a liberarsi da questa insana simbiosi con sua madre. Sa che questo farebbe bene a tutte e due. Si sente più consapevole, più calma e si riaddormenta.

Il giorno seguente Ester decide di telefonare a Mara per tuffarsi il più possibile nella leggerezza dell'amica, che, felicissima, le dà appuntamento per un'altra serata danzante. Questa volta Ester sa che, se non vuole stare sola, deve entrare nel mondo dei single. Frequentare gli amici che aveva quando era sposata le fa tristezza. D'altronde non erano amici intimi, erano amici di Amerigo e suoi come coppia. Ora il suo stato è diverso e lei deve adattarsi al nuovo mondo che l'attende. Dopo la delusione avuta da Dario, sente che qualcosa sta cambiando. Sente che il suo cuore è ancora giovane perché si stava innamorando di lui, ha avvertito le farfalle nello stomaco per lui. Si sente ancora donna e non vuole perdere la sua femminilità invecchiando precocemente nella solitudine.

Entra nella macchina di Mara, che la accoglie con uno smagliante sorriso contornato da due brillanti orecchini lunghi di strass, che dondolano gaiamente ad ogni movimento del colorato volto dell'amica. Ombretto, rossetto e fard in tinte allegre piacciono a Mara, che non ama i toni scuri, preferiti invece da molte ragazze. Smalti neri, viola, grigi, rossetti scuri, in genere colori scuri a lei sembrano roba da obitorio. Ama invece i colori della natura, dei fiori, che l'aiutano, quando si guarda allo specchio, a sentirsi allegra.

Ester comincia ad assorbire questa gaiezza dell'amica e non vuole parlare della sua amarezza. La ascolta invece, sente che il suo parlare del più e del meno con semplicità le fa bene. In men che non si dica raggiungono la sala da ballo. Soliti saluti, solita atmosfera, ma stavolta Ester vuole avvicinarsi diversamente alla situazione, vuole osservare con ottimismo ed agire con più disinvoltura. Mara se ne accorge e per battere il ferro quando è caldo la invita a vedere la piscina antistante, che viene utilizzata nelle estati.

"Guarda... d'estate è molto bello qui, si balla intorno alla piscina, gli spazi sono molti. Si sorseggiano bibite, si parla, si balla, ci si diverte... comunque io ti ho chiesto di venire qui non per la piscina, ma per parlare un po' con te, in macchina è volato il tempo, ma ho notato che rispetto all'altra volta sei meno seriosa. Ancora non ci conosciamo molto, un po' abbiamo parlato delle nostre vite e ci confideremo di più con il passar del tempo... ma una cosa te la voglio dire... visto che oggi mi sembra la serata buona... lasciati andare un po', non siamo bambine... lasciamoci alle spalle il più possibile le nostre sofferenze subite...dobbiamo volerci più bene e cogliere le occasioni piacevoli per vivere l'oggi il più intensamente possibile. Cerca di divertirti e lascia che la vita scorra come viene. Comincio a volerti bene sai..."

Ester le sorride e pensa che la sua amica non è poi così superficiale come vuol far credere e le sorride.

Rientrano nella sala e cercano il loro tavolo riconoscibile da un segnaposto. Lo trovano ed è già occupato da sei persone, quattro signore e due signori. Si presentano, poi c'è un momento di silenzio. Come prevedibile Mara "rompe il ghiaccio"

"Le signore le ho intraviste in precedenza durante qualche serata, ma voi signori no"

Il più anziano è sulla settantina, capelli bianchi, qualche chilo di troppo, ma è vestito elegantemente ed ha un viso simpatico, le rughe abbastanza profonde rivelano la sua età, ma ha un sorriso gradevole.

"Ripeto il mio nome, perché dopo le presentazioni i nomi si confondono e spesso si dimenticano... sono Francesco...sono venuto con mio nipote Mauro, cosi ci distraiamo un po', ci farebbe piacere passare una serata diversa."

il nipote, Mauro è un uomo sui cinquant'anni, di bell'aspetto anche se i suoi occhi rivelano una certa inquietudine. Si è separato da poco e non per colpa sua. Lo zio invece è vedovo da un paio d'anni. Le altre quattro signore che erano sedute nel loro tavolo, pur essendo anziane, evidentemente dopo le dovute presentazioni, non hanno voglia di parlare, ma di ballare e si gettano subito nella mischia gradendo i balli di gruppo. Mara invece non si lascia sfuggire l'occasione per fare il terzo grado agli uomini e saperne di più.

"Francesco... lo ripeto... così comincio a memorizzare i nomi, lui è Mauro... non siete mai venuti in questo locale?"

"No, da solo non mi andava, ora si è presentata l'occasione e sono venuto con mio nipote"

"Ma poteva venire anche solo... io per varie volte sono venuta da sola e poi ho fatto delle conoscenze...lei invece ha preferito venire in compagnia, ma non è il solo perché gli uomini che vengono da soli sono rarissimi, come le mosche bianche... senti diamoci del tu, è più semplice, più caloroso".

Mara ha spezzato il ghiaccio come suo solito e Mauro coglie l'occasione per essere meno serioso: "Mara gradisci del vino?"

"Sì, così scalda l'atmosfera e ci divertiamo! Alcuni condividono il tavolo con dei musi lunghi... per carità poveretti...invece, come dice il proverbio, se uno sta in ballo deve ballare". La verve di Mara contagia sempre e Mauro con un bel sorriso si rivolge anche ad Ester "E tu Ester gradisci un po' di vino?" Ester annuisce sorridendo e lui le versa il vino, poi guarda l'etichetta rimanendo un po' deluso "Non è una gran marca, ma in questi locali non possono certamente servire vini doc, poi alza il calice: "Comunque brindiamo alla nostra conoscenza!"

Brindano sorridenti e speranzosi di passare una bella serata. Per un po' chiacchierano del più e del meno senza approfondire i discorsi, poi il complesso suona un bel lento. Mauro invita a ballare Ester e Francesco da bravo cavaliere non si lascia sfuggire l'occasione di invitare Mara.

Mara è il solito fiume in piena e durante il ballo cerca di avere più informazioni possibili dal suo cavaliere. Lui dà poche informazioni sul nipote, ma è molto più disponibile a parlare di sé. Mara viene così a sapere che è vedovo da due anni e che il suo è stato un buon matrimonio. La moglie è morta dopo una lunga malattia, ma non vuole dilungarsi su questo argomento e chiede a Mara di parlare di lei. Mara, invece, ama più indagare che raccontare i fatti suoi e gli dice poco o niente di sé. Continua invece a chiedere di lui, per cui viene a sapere che ora è in pensione, ma è stato un dirigente della RAI per alcuni anni. Mara, in brodo di giuggiole, già pensa a quanti "gossip" potrà venire a sapere in futuro.

Ester e Mauro invece non parlano, ma pare siano presi da quei lenti, che peraltro sono bellissime canzoni romantiche. Ad un occhio attento non sfuggirebbe che i due, anche se in maniera discreta, si sono piaciuti subito. Dopo un paio di canzoni "galeotte" ecco che torna il ballo di gruppo, quindi i quattro si siedono. Mara è gassata, mentre Ester è in po' frastornata, non aveva messo in conto che le sarebbe piaciuto subito un uomo appena visto.

Mara, appena si siede non può tacere, non è nella sua indole e poi deve dare ad Ester la notizia, che è stata molto allettante per lei:

"Ester senti un po'… Francesco è stato un dirigente della RAI… io sono curiosa di sapere di come si svolge la vita lì dentro…" poi si rivolge molto carinamente a Francesco: "Vero Francesco che tu risponderai, da gentiluomo, a tutte le mie domande?" Non gli dà il tempo neppure di rispondere. "Certamente non ti chiederò tutto in una volta… ma ci rivedremo e rivedremo e rivedremo e avremo tempo di parlare di tutto… ok?" Tutto il fiume di parole di Mara è galvanizzato da sorrisi ammiccanti.

"Ma certo… ci rivedremo e rivedremo e rivedremo così potrai farmi tutte le domande che vuoi"

Francesco è visibilmente contento di questo ciclone Mara, sente che lo contagia positivamente. Mara, felice, per la risposta di Francesco, si rivolge al nipote:

"Mauro, hai uno zio simpaticissimo, avete fatto bene a venire stasera qui! Conoscere le persone fa bene… ho spronato io Ester ad uscire… lei era un po' restia".

"Hai fatto bene! Come ha fatto bene mio zio a spronare me."

"Ha fatto bene sì… ma perché tu non volevi venire?"

"Non è un buon momento per me... ma sta arrivando il cameriere con gli antipasti... vi verso un altro po' di vino?"

Mauro ha approfittato dell'arrivo del cameriere perché non vuole di certo parlare del suo brutto periodo. Il suo matrimonio è finito, ma ora non vuole pensare a niente, vuole solo cercare di passare una piacevole serata. Continuano a parlare tutti e quattro senza entrare in discorsi intimi e ballano quando suonano motivi romantici. A volte si scambiano le dame ma quasi sempre, prevedibilmente, Mauro balla con Ester e Francesco con Mara.   Alla fine della serata Mara, che durante i balli aveva preso su richiesta di Francesco una decisione imprevedibile, si rivolge Ester:

Ester, tesoro, ora ti accompagno a casa, poi faccio un salto a casa di Francesco che mi fa vedere alcune chicche della RAI"

Mauro, da bravo cavaliere interviene: "Ester ti accompagno io a casa, se a te non dispiace, così Mara va direttamente da mio zio?"

Ester non può che dire di sì altrimenti farebbe la figura della bambina che ha paura degli uomini.

Nella sua mente però frullano mille idee. In fondo chi li conosce questi due? Potrebbero essere delle persone ambigue che si divertono ad adescare signore con chissà quali intenzioni e chiede a Mara di accompagnarla in bagno, così stando sole può parlare all'amica dei suoi timori:

"Mara, ma tu sei sicura che non stiamo facendo delle sciocchezze? Non li conosciamo...potremmo trovarci in situazioni imbarazzanti o peggio...

"Ester, stai tranquilla... la signora che organizza chiede a tutti i recapiti e i numeri telefonici...non sono proprio degli sconosciuti. Poi noi non siamo ragazzine, se non rischiamo adesso, quando rischieremo... nella tomba? Adesso è l'ora di essere intrepide, di giocare un po' nella vita... a te piace Mauro?

"Sì...ma non lo conosco...

"Tuo marito lo conoscevi? Anche dopo tanti anni no di certo, perché sei rimasta di sasso quando, poco tempo fa, ti ha detto che ti mollava per la russa...e allora... è molto probabile che Mauro sia almeno un po' meglio di tuo marito!" Poi l'abbraccia incoraggiandola.

"Guarda sono sicura che Mauro si comporterà da gentleman, secondo me ha capito che tu sei timida, che sei diversa da me. Poi credo anche che lui sia diverso da suo zio che, invece, avendo frequentato l'ambiente RAI, potrebbe essere "un marpione", un furbacchione... dai andiamo..." Ester non parla ma le sorride e vanno verso i loro accompagnatori.

Mauro, in macchina rende subito l'atmosfera gradevole, parlando all'inizio semplicemente della serata.

"Mara ha fatto bene a proporti di uscire e anche io avrei passato la serata a guardare la televisione se non fosse stato per mio zio. Durante i giorni lavorativi va anche bene, si arriva stanchi, a volte stressati dal lavoro e ci si rilassa con piacere guardando la TV o leggendo un libro interessante, ma durante il fine settimana si deve pur fare qualcosa di diverso."
Ester si incuriosisce un po'.

"Hai un lavoro stressante?"

"Sono avvocato penalista, quindi la mia professione spesso è stressante, non sempre le persone che devi difendere pensi che lo meritino davvero. E se vuoi lavorare non puoi sempre scegliere le cause che ti convincono, o meglio che convincono la tua coscienza. Ma raccontami un po' di te, non voglio pensare alle mie beghe"

"Io non penso di aver avuto una vita interessante, ho frequentato il liceo artistico e ho dipinto molti quadri solo per mio diletto. Non ho mai lavorato, potendocelo permettere ho seguito i desideri di mio marito che mi voleva vedere solo moglie e madre a tempo pieno. Ho una figlia sposata, Viola, che è un tesoro. Forse è troppo legata a me, probabilmente perché è figlia unica. Per finire, dulcis in fundo... mio marito mi ha lasciata per una russa di venticinque anni. Storia squallida, ho fatto un breve riassunto perché anche io non amo parlare delle mie beghe."

"Hai ragione parliamo solo dell'oggi, di quello che potremmo avere di bello oggi. In questo periodo, ad esempio, potremmo approfondire la nostra conoscenza. Potremmo fare delle belle esperienze insieme. Ci verranno sicuramente in mente, se vogliamo stare bene e non pensare troppo al passato. Che ne dici?"

"Che dire? Sono belle parole, anzi giuste... ma tu sei libero?"

"Libero come l'aria... è tutto finito con mia moglie per un suo vecchio compagno di liceo, il suo primo amore... basta però, chiudiamo questi argomenti e passiamo ad altro... se domani sera sei libera ti invito a cena in un ristorantino, che è una chicca?"

Ester si ricorda in un secondo di tutte le parole di Mara e...

"Ok, pensiamo solo all'oggi e vogliamo un po' di bene a noi stessi"

"Perfetto, allora ti passo a prendere domani sera alle nove, va bene?"

"Va Bene, ecco questo è il mio portone. Grazie e a domani!"

"Grazie a te per la bella serata. Ecco tieni il mio bigliettino da visita così mi chiami per gli ultimi accordi. A domani".
"Inaspettatamente le dà un tenero bacio su una guancia e rientra in macchina. Ester entra nel portone con il viso in fiamme.

E Mara cosa starà combinando? Appena entrata in casa di Francesco i suoi occhi captano subito la bellezza di quella abitazione. Certamente lei non conosce quel lusso se non attraverso dei film visti in TV. Lui invece era stato dirigente della RAI, non un "impiegatuccio" qualunque pensava tra sé e sé, per cui non poteva certo avere una casa meno bella. Mara comunque non è il tipo che si lascia intimidire e appare disinvolta pur facendo i giusti apprezzamenti.

"Complimentoni!! Hai una bella casa, molto bella... chissà quante donne ci avrai portato da quando sei rimasto solo. Avrai sicuramente ancora delle amicizie del tuo ambiente lavorativo anche se ora sei in pensione. Conoscenze interessanti, divertenti e... disinibite immagino..."

"Non credere... l'ambiente della TV non è così lascivo come qualcuno crede. È vero che ci sono più belle donne lì che in altri ambienti, ma non credo sia così dissimile da altri uffici pubblici. La sregolatezza si trova dappertutto, come d'altronde anche il contrario."

"Ok. Non ti domanderò certamente se hai tradito tua moglie o se le sei stato fedele... ma quando sei rimasto vedovo qualche volta avrai avuto necessità di essere un po' consolato, o no?"

"Sì, qualche volta sì, ma invece di essere consolato, mi sono sentito usato. Sai qualcuna ha pensato che, con le mie conoscenze avrei potuto esserle utile...e questo è molto fastidioso. Non mi interessano queste compra-vendite. È squallido."

"Hai ragione, ti capisco...e stai tranquillo io non ho intenzione di fare compra-vendite. Io quello che volevo chiederti te l'ho già chiesto. Sono solo curiosa dell'ambiente in cui hai lavorato e mi rendo conto anche che in questo sono un po' frivola, ma a me piacciono i luccichii, le favole perché mi fanno sognare...comunque sono anche molto pratica e so distinguere tra gli illusori luccichii e la bella, reale luce del sole"

"Ascolta, ti va una bella coppa di champagne per brindare ai nostri nuovi incontri?"

"Certamente, lo champagne non si rifiuta mai!"
Francesco prende due sfavillanti coppe, una pregevole bottiglia di champagne e glielo serve con squisita gentilezza.

"Ecco a te... gustiamocelo piano piano... guarda il luccichio delle coppe e le bollicine frizzanti che guizzano dentro... sei felice di questo scintillio?"

"Sì molto... e poi è buonissimo!"

"Sono contento di fare delle conoscenze al di fuori del mio ambiente… a questo punto della mia vita ho bisogno di semplicità, di vivere una vita tranquilla."

"Non mi dire che vuoi diventare un pantofolaio?"

" No. Non ho intenzione di poltrire in casa, ma ho necessità di fare cose semplici… mi spiego meglio… sarei potuto andare con mio nipote in ambienti diversi, non in una semplice sala da ballo, frequentata da tutti… invece è proprio questo che volevo… cambiare rotta nella mia vita e tuffarmi in cose semplici …perché vedi, a proposito di rotta, ho viaggiato tanto nel corso degli anni, ma il mondo non si conosce soltanto viaggiando, si conosce anche frequentando persone molto diverse da quelle che abitualmente frequentiamo…"

"È vero io, per esempio, non ho viaggiato molto, ma ho conosciuto tante persone con teste tanto diverse che sembravano provenire da mondi diversi… comunque spesso non ho fatto belle scoperte credimi…però non mi intristisco più di tanto… la tristezza fa male… casco e mi rialzo col sorriso… sorridere e ridere fa tanto bene…lo dicono anche gli scienziati…"

"Mi piace la tua allegria… sei come quella coppa di champagne che abbiamo bevuto"

"Adesso però bando ai discorsi…fammi entrare un po' nei tuoi ricordi della RAI"

Lui la prende per mano e la conduce in un'altra grande stanza, con biblioteche alte, stracolme di libri e poi, sparse dappertutto, attrezzature indispensabili al giorno d'oggi come computer, stampanti e anche altri "aggeggi" che lei non conosce, in altri ripiani sono riposti in ordine un'infinità di dvd, cd e più in alto, come cimeli, sono visibili ormai antiche videocassette; insomma c'è di tutto, chi più ne ha più ne metta.

"Adesso ti faccio vedere alcuni "dietro le quinte" spassosi che conserviamo noi "addetti ai lavori". Sono spesso spezzoni di "gaffe" fatte da alcuni personaggi oppure delle riprese fatte quando i protagonisti pensavano che le telecamere fossero spente."

Si siedono piacevolmente su un comodissimo divano e cominciano a guardare queste cose viste e riviste da Francesco, ma che catturano subito l'interesse di Mara. Lui versa dell'altro champagne nelle loro coppe vuote e si accoccola vicino a lei. I minuti passano e passano. Mara è sempre più interessata e spesso ride divertita mentre Francesco si rilassa vedendo lei contenta. Gli sembra una bambina felice davanti ai cartoni animati. È felice di farla felice con queste piccole, semplici cose. È quella semplicità che rincorreva da tempo. Posa la sua testa sulla spalla di Mara, lei si volta un attimo e gli sorride poi torna a guardare il monitor mentre Francesco con il passare del tempo si addormenta, anche lui felice come un bambino.

Dopo un po' lei lo vede addormentato e stranamente si sente bene nel vederlo così. Percepisce la dolcezza di quel momento. Sente che in quel sonno lui si sta affidando a lei. Le viene spontaneo di accarezzargli i capelli. Lui rimane semi-addormentato ma riesce a sussurrare lentamente con voce impastata dal sonno:

"Rimani qui ti prego, dormiamo qui..." Mara sente che tutti e due hanno bisogno di quell'innocente contatto fisico e si adagia vicino a lui. Non si è mai seduta su un divano così piacevolmente accogliente. Pensa a tutti i divani che ha "vissuto", a quanti uomini, durante la sua vita, l'hanno, non coccolata, ma sbattuta sul divano avidi del suo corpo e incuranti della sua anima. Lei pensava che concedendo il suo corpo avrebbe unito anche le anime, poi col tempo capiva che non funzionava così. Ora che si era rassegnata, conosce un uomo che percepisce diverso e spera... sente una sconosciuta serenità e lentamente anche lei si addormenta.

Ester invece quella notte riesce a dormire poco, nella sua testa frullano mille pensieri. Con Mauro nascerà un'amicizia oppure qualcosa di diverso. Lui, anche se possono apparire coetanei, ha una decina di anni meno di lei e questo la inquieta. Poi pensa che è stato lasciato dalla moglie e non viceversa. Forse lui l'ama ancora. Questo pensiero la disturba. Pure la differenza di età la disturba. È vero che ormai si vedono coppie in cui la donna è più grande, ma spesso l'amore non dura. Poi pensa al marito che pur essendo più grande di lei l'ha tradita e lasciata, questo la induce a pensare di meno, ad essere più fatalista. Dopo tanti pensieri dice a se stessa di non fasciarsi la testa prima di essersela rotta ed entra in un dormi- veglia più sopportabile.

La mattina si alza con un umore migliore della notte precedente, le vengono in mente tutte le chiacchierate fatte con Mara, sa che l'amica riesce sempre a infonderle coraggio e, non volendo rientrare nei pensieri carichi di ansie, le telefona anche per parlare dei risvolti della sera precedente.

"Ester già sveglia?"

"Sì, non ho dormito molto...ero un po' turbata dalle novità di ieri sera...

"Ma stai bene?"

"Sì sì sto bene ma vorrei parlare con te..."

"Tesoro, adesso non posso, sto ancora a casa di Francesco, lui al momento sta in bagno, ma non è il caso che mi dilunghi a parlare delle nostre cose... ne parliamo quando torno a casa, magari stasera possiamo andarci a mangiare una pizzetta e parliamo quanto ci pare..."

"Stasera non posso, mi ha invitato a cena Mauro..."

"Ah, ma allora va tutto alla grande...basta che tu stia bene, ci possiamo sentire domani..."

"No senti se nel pomeriggio sei libera chiamami perché pensando alla cena mi sento un po' agitata...

"Smettila, devi essere solo felice... una cenetta con un bell'uomo ti deve far essere solo frizzante, non agitata...falla finita Ester con queste paure, dubbi ecc., buttati e basta, non sei un'adolescente saprai ciò che fai. Tuo marito sta con la russa e tu vuoi perdere l'avvocato italiano? Sarebbe ora che ti sciogli un po'... non temere tu sei troppo assennata e non ti scioglierai più del dovuto...ho sentito la porta del bagno, è meglio rimandare le nostre chiacchiere, a presto tesoro e stai tranquilla!"

Francesco esce dal bagno, doccia fatta, profumato e con un'elegante giacca da camera.

"Mara cara, quando mi sono alzato tu ancora dormivi, non ti ho svegliato per dirti che ovviamente qui c'è più di un bagno... quando ne hai bisogno ti faccio vedere dove sono"

"Ancora non ne ho bisogno, quando mi sveglio mi piace poltrire un po'"

"Fai bene... hai dormito comodamente sul divano?"

"Benissimo...ti ricordi che tra la veglia e il sonno mi hai chiesto di rimanere qui accanto a te?"

"Certo che me lo ricordo e sono stato molto contento che tu l'abbia fatto... ti sarà sembrato strano che un uomo ti abbia chiesto solo di dormire accanto a te, senza fare delle avances?"

"Non so perché ma non me lo sono chiesto...sono stata bene così, anzi il tuo modo di fare mi è piaciuto molto"

"Sono contento. Comunque voglio dirti che io non sono impotente, te lo dico perché alla mia età si può anche pensare, ma io ancora sotto quel profilo sto bene"

"Sono felice per te perché l'uomo che perde la sua virilità poi si deprime e quello sarebbe il maggior guaio... e comunque non siamo più ragazzini, il sesso non è più al primo posto."

"Ok, hai ragione però non mettiamolo neanche all'ultimo, sarebbe triste...senti, se a te fa piacere ti vorrei dedicare la giornata, scegli tu cosa ti va di fare..."

"Ora mi faccio una bella doccia e mentre sto sotto l'acqua scrosciante invece di cantare penso a come potremmo passare bene la giornata"

"Io intanto chiamo il barista e mi faccio portare i cornetti caldi, ma il caffè lo preparo io perché mi fa piacere"

Mara decide sotto la doccia rigenerante che vuole passeggiare per la città con un uomo gentile accanto che la corteggia. Ha fatto tante cose con gli uomini che ha frequentato, ma realizza che passeggiate tranquille come fanno quelle coppie affiatate che si vogliono bene non le ha fatte mai. Ha camminato tanto nella sua vita ma sempre sola invidiando bonariamente le coppie che spesso vedeva camminare a braccetto con aria complice. Quella tenera complicità tanto desiderata non l'ha provata mai. Ed ora è questo desiderio che vuole realizzare con Francesco. Non sa se sarà l'illusione di un giorno o l'inizio di una nuova vita. È consapevole che lo scoprirà più avanti, per adesso questo inizio lo vuole almeno assaporare.

Nel tardo pomeriggio Ester sente squillare il cellulare, non può essere Mauro perché da vero gentleman le ha solo dato il suo biglietto da visita senza chiederle così presto il numero del suo cellulare. Spera che sia Viola, invece è Amerigo, non vorrebbe rispondere ma pensa che potrebbe essere importante

"Amerigo, chi non muore si risente, che vuoi?"

"Vorrei che parlassimo tu ed io, perché finora riesco a parlare solo con tuo genero."

"Ti pare poco?!... Sappi che non farò alcun gesto senza consultare Aldo e Viola e presto mi rivolgerò ad un avvocato.... non sono più la stupida moglie che accoglie i tuoi desideri, ormai so pensare con la mia testa, dunque parla che ho fretta."

"Ha fretta la signora...devi dipingere o hai impegni mondani?"

"Non fare del sarcasmo e non sono affari tuoi"

"Però sono affari miei se mi vuoi derubare della mia casa"

"Non è la tua casa, sono stata tua moglie per tanti anni e lo sono ancora fino al divorzio, trai le tue conclusioni, ma la cosa fondamentale è che la nostra casa deve rimanere a nostra figlia, non te la lascerò di certo dilapidare dalla russa."

"Non ti riconosco... la dolce Ester è diventata una leonessa..."

"Una madre diventa una leonessa quando deve difendere gli interessi dei figli, se il padre poi non è più in grado di intendere e di volere sta ancora più in guardia"

"Non ti ho mai sentita così agguerrita, cerca di ragionare..."

"È proprio perché ragiono che mi sento in dovere di essere sulla difensiva con te... sono cambiata in seguito ai tuoi comportamenti... senti ora basta parlare... non mi chiamare più perché quello che decido e che voglio te lo dirà il mio avvocato. Mi dispiace ma ho fretta, devo chiudere la telefonata. Buona serata!"

Ora il suo umore è cambiato, deve rilassarsi prima di telefonare a Mauro per gli ultimi accordi telefonici, non può telefonare a Mara perché la sa impegnata con Francesco, non può telefonare a Viola perché inevitabilmente parlerebbero del padre e, in questo momento sarebbe peggio e allora si concede un goccino di cognac con un pasticcino. Sente un po' di musica e poi telefona.

"Ciao Mauro, sono Ester...

"Ciao, ho temuto che non mi chiamassi... chissà perché pensavo che telefonassi prima..."

"Hai ragione, è un po' tardi, ho avuto dei contrattempi ma ormai è tutto a posto... se non hai problemi possiamo accordarci"

"Nessun problema, come detto alle nove sotto casa tua, va bene?

"Sì sì va bene"

"Allora a dopo cara, Ciao"

Tutti e due puntualissimi ed ecco il fatidico incontro. Sorridono entrambi e si baciano con disinvoltura sulle guance come fossero vecchi amici. Per la verità Il goccino di cognac ha aiutato Ester ad essere disinvolta perché lei non è di certo abituata agli incontri galanti. È la prima volta che riceve un invito a cena da un uomo da quando è single e, pur avendo tanto desiderato che lo facesse Dario, lui non lo ha mai fatto. Non si lascia incupire da questo pensiero ed è pronta a ricevere eventuali corteggiamenti da parte di Mauro. Pensa che lui potrebbe essere un vero gentleman anche perché le apre la porta della macchina per farla salire. È una cosa che si vede raramente al giorno d'oggi.

Poi intraprendono semplici discorsi in macchina, ma le fa molto piacere che lui ascolti con attenzione. Percepisce che gli piace sentirla parlare. Inoltre a lei non piacciono di certo gli uomini che si distraggono quando si parla con loro. Questo comportamento rivela disinteresse e cattiva educazione.

Arrivano davanti al ristorante e si nota subito che è un ristorante elegante. Entrano e l'interno non delude, è un ambiente sobrio e raffinato. Si siedono in un angolo molto discreto prenotato sapientemente e la serata procede bene. Servizio eccellente, luogo eccellente e loro possono parlare tranquillamente. Si sono riproposti di non parlare delle loro reciproche delusioni. Lei, in verità, vorrebbe sapere di più sul motivo della separazione dalla moglie, ma lui ha espresso chiaramente il desiderio di non parlare del passato ed Ester non osa certamente porre domande, anzi fa credere che è pienamente d'accordo con lui. Le delusioni devono essere lasciate fuori da quel bel luogo e da quel bel momento.

Lui è indubbiamente un bell'uomo, lei è affascinata soprattutto dalle labbra, dal movimento delle sue labbra mentre con un sorriso appena accennato lui le parla. L'attrae molto anche la sua voce mascolina e suadente. E le mani sono perfette e si muovono, nel parlare, in completa sintonia con la sua voce e le sue parole. Improvvisamente Ester si rende conto che lo sta guardando troppo, distoglie per un attimo lo sguardo rendendosi conto che le piace proprio tanto quell'uomo e questo le fa un po' paura. Gli occhi di Ester devono essere stati trasparenti perché Mauro percepisce qualcosa: "Ester va tutto bene?"

"Sì, sì tutto bene..."

"Perché ho visto come un'ombra nei tuoi occhi bellissimi"

"Sto bene... davvero... forse è perché quando mi sento troppo bene, poi ho paura..."

"E di che? Non abbiamo deciso di lasciare le ombre alle spalle? Allora dobbiamo sentire la positività di questo momento. Non ci manca nulla per poter essere felici... anche solo mentre ti guardo io mi sento felice, vedo davanti a me una bellissima donna con dei fantastici occhi che sembrano rivelarmi quanto deve essere bella e sensibile anche dentro questa donna, che mi guarda stupita per le mie parole..." Ester arrossisce, ma non dice nulla, vuole sentire ancora le parole di lui e lui lo comprende chiaramente.

"Non devi stupirti perché lo sai che sei bella e il tuo sguardo mi dice che sei dolce, sensibile e che hai sofferto ingiustamente."

Mauro le prende la mano e l'accarezza "Ora devi aspettarti solo un po', anzi un bel po' di felicità perché sono sicuro che la meriti tutta. Abbiamo parlato poco di noi quando ci siamo conosciuti la prima sera, anzi abbiamo volutamente parlato poco di noi, ma certe cose si capiscono anche senza parlare"

"Credo che tu stia dicendo cose giuste, ma io forse ho paura proprio di essere felice..."

"Se si ha paura di essere felici per non avere delusioni non si vive veramente. Io non ho paura di essere felice, penso che noi insieme potremmo vivere esperienze bellissime.... se anche tu ti senti attratta da me, come io lo sono da te, potremmo vivere davvero, non vivacchiare con i ricordi del passato che ci logorano"

"Anche io sono attratta dalle tue parole... e... sono attratta da te... ma esiste la realtà, ti faccio un esempio ... non mi piace mentire oppure nascondere le cose per cui se mi farò coraggio e vorrò vivere come mi proponi tu, dirò di sicuro a mia figlia che sto vivendo una storia con un uomo molto più giovane di me... e so già che lei si preoccuperebbe e..."

"Tua figlia deve vivere la sua vita e tu la tua... tu sembri persino più giovane di me, ma non è questo che conta, non sono gli anni che contano... è il rapporto che avremo che conta, se staremo bene insieme, se avremo una splendida complicità, se ci ameremo...solo questo conta davvero..."

"Sono tutti pensieri molto belli, ma io mi sento sempre più confusa..."

"Hai ragione, sto correndo troppo, forse è perché ho tanta voglia di essere felice ed è tanto difficile trovare una donna che ti piaccia davvero. Ci sono tante donne belle, attraenti, ma provare un'attrazione così forte non accade facilmente. Mi sta accadendo con te ora... guardami tesoro..." per qualche attimo la guarda intensamente negli occhi, poi delicatamente la bacia sulla bocca come per godere lievemente delle sue labbra, Ester non si ritrae, è troppo bello quel bacio, sa di sogno, sa di favola. Non è stata mai baciata così. I baci che ricorda erano tutti grossolani, lingua come spada, preludi veloci al voler possedere. Mauro invece sta assaporando le sue labbra come fossero un frutto dolce, prezioso. Non c'è invasione in quel bacio e finisce delicatamente come è cominciato. Continua quella magia... i loro occhi che si guardano con intensità come per volersi dire tante cose che però sanno essere ancora frutti acerbi.

"È stato un momento bellissimo, dolce Ester... stai serena... non aver paura... assaporiamo i momenti belli della vita ... non facciamoci domande... liberiamo la mente dalla miriade di pensieri che possono assalirci"

"Non è facile per me liberarmi dai pensieri, ma è stato così bello anche per me questo momento che cercherò di fermare la mente e lasciare spazio alle emozioni."

"Brava, così dobbiamo fare. Ora ti accompagno a casa, fai sogni bellissimi, mi raccomando!

Nell'auto parlano poco forse per non interrompere quella magica atmosfera che hanno vissuto. Prima di lasciarla Mauro le bacia la mano sul palmo, delicatamente come in un preludio d'intimità.

I giorni si susseguono e i due continuano nella loro frequentazione. Parlano di tutto tranne che della moglie di Mauro. Sembra un tasto dolente per lui perché cambia subito discorso quando sente che si potrebbe parlare del suo matrimonio.

E in effetti è un tasto dolente per lui.

Aveva saputo da poco che il vecchio compagno di liceo della moglie era diventato il suo amante da vari anni. Un tradimento dunque di anni. La signora aveva preferito una doppia vita perché il suo amante era uno spiantato che viveva alle spalle di sua moglie benestante. E anche Lara, sua moglie fedifraga, godeva del benessere che lui le offriva a piene mani.

Ora Mauro si vergognava della moglie. Si vergognava molto anche per non essersi accorto della tresca perpetrata per anni alle sue spalle. Quando lui l'ha saputo l'ha cacciata di casa, ma preferiva dire che lei se ne era andata per non dare troppe spiegazioni. Come raccontare che lui era stato gabbato per tanto tempo. Lui, avvocato di prim'ordine, stimato e rispettato, era stato un perfetto idiota nel lasciarsi raggirare così. La moglie si era sempre comportata come una sposa innamorata. Facevano l'amore frequentemente e lei lo stordiva con il suo essere sempre sensuale e sessualmente appagante e apparentemente appagata. Come poteva lui immaginare che la sua Lara avesse un altro uomo. Invece, con la sua esperienza dei fatti del mondo, avrebbe dovuto pensare che una donna così "calda" avrebbe potuto avere più uomini contemporaneamente. Lui era troppo affaccendato con il tribunale, con le cause, con i fatti altrui che non aveva il tempo di pensare ai fatti suoi.

Ora sta conoscendo una donna completamente diversa dalla moglie. Ester è molto bella, ma non è un'ammaliatrice, sente che può fidarsi di lei.

Dal canto suo Ester invece, sapendo che era lui ad essere stato tradito, avrebbe voluto sapere di più sui sentimenti di Mauro per la moglie, ma non osa chiedere. Sarebbe apparsa come una ragazzetta gelosa e questo avrebbe potuto essere un passo falso. Deve mostrarsi sicura di sé e non impaurita da un fantasma vivente. Ma questo fantasma invece la paralizza nelle sue effusioni con Mauro tanto che chiede a lui di pazientare perché ha bisogno di tempo.

Intanto Mara e Francesco che stanno combinando? Niente di speciale o tutto di speciale se si riflette sui due personaggi. Lui ex dirigente della RAI e lei gaudente separata, entrambi con parecchia vita vissuta alle spalle, vita spesso "godereccia", ora stanno godendo un periodo della loro esistenza, possiamo dire "diverso".

Per fare uno spaccato delle loro vite, possiamo riassumerlo così.
Lei dopo anni di sopraffazioni si era liberata, con l'aiuto degli esperti in materia, di un marito violento, che l'aveva picchiata più volte durante la vita matrimoniale. Poi ha vissuto altri anni insoddisfacenti. Parecchie avventure deludenti, solo amorazzi senza amore, che lei sperava potessero diventare qualcosa di meglio e che invece si rivelavano essere solo delusioni. Questi vissuti si alternavano a periodi di solitudine.
Mara, però, non amava e non ama stare sola. Quindi si susseguivano anni di battaglie per trovare il suo angolo di paradiso, mai neppure sfiorato.

Francesco, sposato per molti anni con una donna che era diventata, con il passar del tempo, più una sorella che una moglie, aveva trascorso la sua vita più al lavoro che a casa. Un matrimonio non esaltante e un lavoro che lo aveva inglobato in un ambiente difficile da descriversi. Per lui è stato un ambiente appagante solo in apparenza e deludente nei fatti. Per questo ora cerca altro. Non gli interessavano le avventurette insulse come quelle vissute durante la vita grigia matrimoniale. Per questo una vita più semplice, più tranquilla, più vera non gli sarebbe affatto dispiaciuta, e percepisce in Mara lo stesso desiderio.

Ester e Mara in questo lasso di tempo si telefonano, raccontano cosa sta accadendo, ma sono talmente strani questi momenti che stanno vivendo che esternano a vicenda più che altro il loro stupore nel sentirsi proiettate in un presente così sorprendente, così diverso dal loro passato. Considerano entrambe l'amica come una specie di diario vivente al quale confidare ciò che accade, le loro sensazioni, i loro sentimenti nascenti, le loro emozioni.

"Ester, puoi stare un po' al telefono con me?"

"Sì ... tranquilla ... ancora non ho sonno anche se è mezzanotte passata...dimmi..."

"Francesco sta dormendo e allora posso parlare più intimamente con te...ormai non faccio più avanti e indietro, mi sono stabilita quasi definitivamente qui da lui e allora ... addio privacy... ma sto divinamente..."

"Sono felice per te, cerca di difendere questa rara beatitudine"

"Io lo sento davvero come un marito, e poi il genere di marito che ho sempre desiderato, gli piace proprio stare con me, tanto è vero che quando io e te ci telefoniamo parliamo raramente di cose intime perché lui è nelle vicinanze e tu lo sai. I discorsi di noi donne poi vanno fatti tra noi donne e perciò ti ho chiamato ora..."

"Hai fatto bene... allora deliziami con le tue confidenze..."

"Già ti ho detto che è un vero gentiluomo e che ha mille attenzioni nei miei confronti, ma finora non ho mai potuto parlarti chiaramente dell'argomento sesso... beh, posso dirti dal profondo del cuore che non mi sono sentita mai così appagata..."

"Bene! È una bella notizia considerando l'età di Francesco..."

"Ti premetto che non prende il Viagra e, anche se certamente non facciamo l'amore tutti i giorni, quando lo facciamo mi sento proprio bene, sulle nuvole. Lui aspetta il mio orgasmo prima di avere il suo, senza fretta, con molta attenzione su di me. È delicato al momento giusto e passionale al momento giusto... se ripenso a quegli uomini con i quali ho fatto l'amore mi domando perché l'ho fatto... non era amore quello, era solo becera fame di possesso... ora sono veramente felice... sto con un vero uomo..."

"Mara ti meriti proprio di essere felice dopo tutte le vicissitudini che hai passato, spero anche io di avere un po' di fortuna in amore..."

"C'è qualcosa che non va con Mauro..."

"Non proprio, usciamo spesso, lui vorrebbe sempre di più che io mi sciogliessi, mi sbloccassi per andare oltre quei baci appassionati, ma al dunque mi irrigidisco, ho paura di lasciarmi andare..."

"Ester... non sei una bambina, avete tutti e due una certa età, è normale che lui voglia andare oltre... cerca di non lasciartelo scappare... gli uomini non aspettano più di tanto e poi considera che molte donne vanno subito al sodo esattamente come gli uomini... io stessa non sono stata proprio una "santarellina". Avevo una tale rabbia nei confronti del mio ex marito che mi sono "buttata" più volte, anche se non ero contenta di me stessa. Non mi rendevo neppure conto di quello che desideravo davvero. Ora lo so. Desideravo semplicemente un amore pulito, nato da sentimenti, da condivisioni. Credo che con Francesco ho trovato la strada giusta. Ma tu come ti senti vicino a Mauro?"

"Non te lo so dire... mi piace molto, sto bene quando siamo insieme, ma in realtà ho paura... lui ha dieci anni meno di me, ma soprattutto non so quali siano i sui sentimenti nei confronti della sua ex moglie. Tu forse sai tutta la storia. Non so se abbia smesso di amarla, di desiderarla... lui non vuole parlare più di tanto del suo passato doloroso e questo mi rende più sospettosa."

"Non so cosa dire, perché le storie di amore, specialmente di questo tipo, sono imprevedibili... io per aiutarti posso solo fare una cosa, sondare il terreno con Francesco. Anzi per la verità già ci ho provato, proprio perché non voglio che tu abbia brutte sorprese, ma a lui non piace parlare dei fatti degli altri, mi ha detto solo che è un bravo ragazzo e non meritava una moglie così, poi ha cambiato discorso ribadendo solo che è un bravo ragazzo. Cercherò di saperne di più, ma tu non fissarti sulla moglie e pensa invece di attrarlo a te sentimentalmente e di non respingerlo con paure che certamente vi allontanerebbero."

Ester capiva che avrebbe dovuto seguire i consigli di Mara, ma metterli in pratica era tutt'altra cosa. Che poteva fare? Non poteva mettersi a fare previsioni o inventarsi tattiche, lei non era il tipo. Pensa perciò che la migliore cosa sia lasciare che tutto fluisca da solo.

Il fluire, però, non è stato certamente lento, infatti il giorno dopo durante uno dei loro soliti incontri Mauro inaspettatamente la sorprende: "Ce ne andiamo noi due soli a Lisbona o a Vienna o a Praga o dove tu vuoi?" Lei si sente messa all'angolo...che farne di una proposta del genere così imprevista ora, e al contempo così allettante. In un attimo i pensieri si affollano nella sua mente. Pensa anche che lei non è più una bambina come le aveva ricordato giustamente Mara, ma le sue labbra pronunciano parole impensabili per una donna della sua età con una figlia adulta e vaccinata:

"Mi piacerebbe molto ma così all'improvviso... cosa dico a mia figlia..."

"Ester, io capisco che finora sei vissuta sotto una campana di vetro, ma tu continui a confondere i ruoli con tua figlia. Tu sei la madre, non devi chiedere il permesso a tua figlia come farebbe un'adolescente con sua madre. Capisci che stai facendo molta confusione nella tua testa...

"Hai ragione... prima che ci ripensi vada per Lisbona"

"Brava, così si fa... allora, prima che tu ci ripensi, io domani passo in agenzia e mi faccio organizzare tutto. A te va bene qualsiasi data?"

"Sì. Non lavorando, non ho impegni improrogabili"

Appena torna a casa lei chiaramente telefona a Mara, non riesce a credere di aver preso una decisione di getto, si stupisce di se stessa e racconta subito tutto all'amica.

"Ester... bravissima, era ora che dessi una svolta alla tua vita. Sai che ti dico, io non chiedo più a Francesco informazioni su Mauro, ci deve bastare che lui abbia detto che è un bravo ragazzo. Comincia a fare le valigie, a proposito ottima scelta... Lisbona è la città romantica per eccellenza! Secondo me è più romantica di Parigi, che è diventata troppo moderna per conservare il sapore del tocco romantico. A Lisbona non lasciarti sfuggire uno spettacolo di Fado. Uno scialle, una chitarra e un canto permeato di sentimento e di "saudade", ossia di una dolce nostalgia: questo è il Fado. Pensa che nel 2011 il Fado come canzone urbana, simbolo dell'identità di Lisbona e di tutto il Portogallo, è stato classificato patrimonio dell'Umanità dall'UNESCO. Comprati una guida così saprai dove trovare le tante bellezze di Lisbona e le sue bontà... non farti sfuggire i Pasteis de Belém, dolcetti davvero deliziosi. Poi non ti voglio dire altro tranne che sarai affascinata anche dalle azulejos portoghesi, piastrelle con superficie smaltata e decorata, anche queste patrimonio culturale mondiale. Le vedrai dappertutto e ti sorprenderanno sempre piacevolmente.

"Grazie Mara mi stai dando uno stimolo in più. Ormai sono più che certa, telefono a Viola, devo dirle che parto per qualche giorno."

"Sì, ma non farti influenzare in alcun modo. Viola, da brava figlia unica è un po' troppo protettiva nei tuoi riguardi, ricorda che sei tu la madre e non la figlia"

Ester fa tesoro delle raccomandazioni di Mara. E ne ha bisogno perché Viola sapendo poco e niente di Mauro la tempesta di domande, alle quali Ester risponde molto bene per tranquillizzarla. La figlia invece non le risparmia le ultime notizie. Il padre ha avuto un piccolo infarto, ma i dottori sono intervenuti subito ed hanno risolto la situazione. Ester non cambia i suoi progetti, sa che la figlia provvederà se al padre occorrerà sostegno. Lei si sente piuttosto fredda nei confronti di Amerigo, non vuole che le rovini questo momento magico della sua vita. E dopo pochi giorni parte alla volta di Lisbona.

Sull'aereo vicino a Mauro si sente quasi in viaggio di nozze, lui è premuroso e gentile, la fa sentire bene, coccolata. Lui sente che aveva bisogno di chiudere una pagina dolorosa della sua vita e desiderio di aprirne un'altra. Atterrati e arrivati all'aeroporto prendono un taxi e vanno subito in albergo per rinfrescarsi e depositare le valigie. Hanno prenotato due camere singole perché Ester ha detto esplicitamente a Mauro che sarebbe stato troppo presto per rinunciare a un minimo di privacy. L'albergo, è a quattro stelle, bello e comodo, quindi tutto ok e in pochi minuti sono fuori dall'albergo, pronti ad iniziare la loro prima avventura.

Camminano lentamente, mano nella mano, guardandosi intorno per non perdere nulla di una città così caratteristica.

Come le aveva detto Mara, lei è subito affascinata da quelle viuzze attraversate da folcloristici tram e decorate da migliaia di azulejos. Camminano tanto e, ad un certo punto, abbracciati. Arrivano nel bairro, ossia nel quartiere di Belém, che celebra il tempo dei navigatori e delle grandi scoperte. Sul lungofiume si fermano ad osservare, estasiati, i capolavori dell'architettura manuelina che rendono omaggio all'età dell'oro della navigazione portoghese. Si fermano incantati dalla torre di Belém, architettura militare eretta nel 1521 per difendere la foce del Tago. Torrette, cupole moresche, bifore, balconcini veneziani, loggia rinascimentale seducono l'occhio del visitatore. Ester e Mauro entrano e salgono al quinto piano dove c'è la bella terrazza e si godono il panorama della affascinante "Lisbona Antigua". Continuando la loro passeggiata, consigliati dalla loro piccola guida cartacea, che Ester tiene in mano con entusiasmo, si trovano di fronte al Padrao dos Descobrimentos. Sorge proprio in riva al Tago ed è una caravella enorme di cemento che rende omaggio alle grandi scoperte. Sopra la caravella tutte statue di re, evangelizzatori, capitani, santi...a prua l'Infante D. Henrique, il Navigatore. Un'opera imponente che attira inevitabilmente lo sguardo dei visitatori. Dopo aver camminato tanto e visto tante altre meraviglie della città Ester vuole gustare una delle prelibatezze gastronomiche che le aveva suggerito Mara. Entrano in una pasticceria che è una vera e propria istituzione lisbonese: Antiga Confeitaria de Belém. Si siedono e ordinano ovviamente i tipici pasteis de Belém e due bicchieri di Porto. Il cameriere arriva prontamente e adagia sul tavolinetto ciò che hanno ordinato. I due assaggiano questi pasticcini che sono di pasta sfoglia, ripieni di crème brulée, spolverati di cannella e irresistibili se mangiati caldi. Mauro ed Ester proprio così li assaporano e poi assaporano anche le loro labbra che sanno di crème brulée. E sorseggiano anche il Porto che ovviamente rende l'atmosfera più frizzante e ovattata.

Più tardi, lentamente si avviano verso l'albergo. Entrano e si ritrovano intimamente abbracciati nella stanza di lei. Lui è delicato, la stringe fra le sue braccia come volesse proteggerla dal resto del mondo, non ha fretta, tutto avviene come in un magico, caldo, vellutato sogno. È proprio il muoversi in maniera sicura, ma al tempo stesso tenera e pacata di lui, a rendere languidamente accogliente lei. Si abbandonano al dolce incantesimo, alla magia di quel momento che vorrebbero fosse eterno e che si prolunga...e si prolunga fino a trasformarsi in desiderio, passione, brama di sentirsi l'uno nell'altra. E tutto avviene nella città dello "struggente fado".

I giorni di romantica vacanza si susseguono con un alone di felicità e serenità. Nulla li disturba, i luoghi sono bellissimi e appagano la loro curiosità di viaggiatori. E le notti appagano il desiderio dei loro corpi e delle loro anime. Qualche volta sfuggevolmente Mauro pensa agli amplessi vissuti con la moglie e senza volere, li paragona alle notti d'amore con Ester. Comprende ora che nella moglie c'era solo sesso, sfrenato sesso, non anima. Comprende solo ora che sua moglie, così scatenata nei loro amplessi lo stordiva, lo attirava magneticamente per cui lui non era lucido nei suoi confronti. Non lo sfiorava minimamente il dubbio che questa moglie così esageratamente calda potesse essere anche infedele. Le sue moine nella vita di tutti i giorni lo blandivano per cui era sicuro che le esagerate effusioni sessuali di lei fossero dovute al suo amore per lui. Niente di tutto questo. Lei era molto calda sessualmente per natura quindi non le costava niente stordire il marito con le sue prestazioni, anzi così facendo lo allontanava dai sospetti.

Lara, infatti, così affamata di sesso non aveva solo il suo amante fisso, ma anche amanti occasionali nei suoi frequenti viaggi. Diceva al marito che amava viaggiare e che lui era troppo impegnato con il lavoro per poterla seguire sempre. In questo modo godeva di una certa libertà. Non c'era viaggio in cui lei non avesse avuto almeno un'avventura sessuale. Era tranquilla perché in luoghi lontani nessuno avrebbe scoperto le sue infedeltà. Comunque non trascurava mai di fare continui messaggini al suo amante fisso e a suo marito. A volte capitava che ricevesse telefonate da loro mentre stava facendo sesso con qualcuno e lei rispondeva tranquillamente e se ansimava un pochino diceva loro che era per l'emozione nel sentirli o che stava salendo le scale. E l'amante di turno era ancora più eccitato nel sentire quelle telefonate che avevano il sapore del perverso. Chiaramente non accettava video chiamate dicendo loro che non amava mostrarsi se non era in perfetto ordine ed esteticamente perfetta.

Questa è dunque la moglie di Mauro, ovviamente lui era venuto a conoscenza solo della relazione fissa, non si sognava nemmeno che lei avesse quest'altro lato indecente. Questi erano e sono i segreti di Lara, la sua moglie forse ninfomane.

Ester invece non ha fatto paragoni con il marito tanto era stata incolore la sua vita sessuale con Amerigo. Le sembra di vivere ora, per la prima volta, vere notti d'amore.
Forse Amerigo, oltre ad essere un egoista, soffriva anche di eiaculazione precoce, ma lei non se ne rendeva pienamente

conto non essendo certamente esperta nel campo sessuale. Aveva fatto sesso solo col suo primo amore. Lei pensava di aver fatto l'amore con David, ma si è resa conto dopo che, per lui, era solo sesso. Anche allora non aveva saputo valutare le prestazioni del suo fidanzatino, era vergine e inconsapevole. Col tempo poi il tutto era stato offuscato dalla cocente delusione. La sua vita sessuale fino ad ora era stata un vero disastro.

Per fortuna, anche se in tarda età, adesso sta scoprendo cosa vuol dire fare l'amore. Mauro non pensa solo al suo piacere, ma vuole che lei goda pienamente di quelle ore, fino ad essere completamente appagata. È stata iniziata finalmente al vero rapporto d'amore.

Mauro è contento di avere ora una donna di cui può fidarsi, sente Ester sincera, cristallina. Lo inquieta però il fatto che negli amplessi più passionali irrompe a volte, come in un lampo, prepotentemente l'immagine di Lara. Lui subito la scaccia e quando poi, a mente fredda, riflette su questa spiacevole intrusione dice a se stesso che la separazione da Lara era avvenuta da poco tempo per cui non deve dare peso alla cosa. Lara ormai non è più nulla per lui ed è felice che non abbiano figli così il rapporto con lei può essere interrotto definitivamente.

L'ultima sera prima del ritorno a casa vanno in un locale dove possono ascoltare il celeberrimo "fado". Questa musica e questo canto ispirati al tipico sentimento della "saudade" portoghese fanno vivere ai due "neo innamorati" un altro momento magico. Trascorrono così giorni indimenticabili a Lisbona.

Il ritorno a casa invece li risveglia molto bruscamente dal sogno. In poche parole Mauro trova una raccomandata inviatagli dall'avvocato della moglie, un altro suo amichetto di vecchia data, in cui lei chiede cospicui alimenti al marito. Come ormai si può comprendere Lara non ha pudore di alcun tipo e andrà avanti con queste richieste tranquillamente senza spendere nulla perché contraccambia il suo amico avvocato prevedibilmente "in natura" e lei ormai lo abbiamo ben compreso di "natura" ne ha da vendere.

Sull'altro fronte Amerigo, rimessosi dall'infarto, ha inviato anche lui, attraverso il suo avvocato, una lettera minatoria per rivendicare aspetti economici sugli immobili perché la sua amichetta è, economicamente parlando, un pozzo senza fondo. Dentro di sé però spera che sua moglie prenda tempo perché ha cominciato a capire che la sua bella russa ama più i soldi che lui, anche perché lo ha tartassato per farle inviare subito la lettera dall'avvocato. In poco tempo infatti lei esplicita continuamente i suoi desideri. Vuole che lui la sposi, brama vivere nella casa dove vive Ester, ha troppe esigenze materiali perché lui non inizi ad avere qualche dubbio. In fondo non è rimbambito del tutto.

Lara invece sta ordendo la sua tela.
Telefona a Mauro chiedendo un incontro per chiarire meglio la sua posizione. Mauro pensa che non può esimersi da questo incontro. Deve difendersi al meglio dalle pretese assurde della moglie. È un bravo avvocato. È certo che ce la farà.

La posizione di Lara appare subito molto evidente appena apre la porta di casa. Entra nel salotto chiedendo scusa per aver usato le chiavi e per essersele ancora tenute.
È una specie di apparizione. Più bella e più sexi del solito.
"Scusa Mauro, ma non ho resistito ad usare un'ultima volta le chiavi" con passo felpato si avvicina a lui, che è rimasto seduto sul divano, disorientato. Lei, senza alcun pudore si china su di lui e, lasciando che la sua generosa scollatura contribuisca a rendere l'atmosfera più intima e suadente, le dà un languido bacio sulla guancia. Lui si ritrae, come infastidito.

"Lara, non mi sembra il caso, dopo tutto quello che è successo ti comporti come se nulla fosse. Ti dovrei cacciare subito, ma visto che sei venuta per chiarire, mettiti seduta, anche se non capisco cosa ci sia da chiarire. Mi tradisci per anni con una tua vecchia fiamma fino a quando non lo vengo a sapere da altri, io giustamente ti mando via dalla mia casa e tu attraverso l'avvocato rivendichi danaro? Non hai pudore.

"Ho tentato di chiarire ma non me lo hai permesso. Ho dovuto purtroppo mettere di mezzo l'avvocato per sperare di poter parlare. Ora per fortuna mi concedi il permesso, ma tu devi ascoltare con pazienza e bene, te lo chiedo per favore... la realtà non è esattamente come ti è sembrata. Chi ti ha riferito il mio presunto tradimento non è attendibile. Gianni era un nostro amico, ma in realtà non si è comportato da amico nei tuoi confronti... più di una volta mi ha molestata, non in maniera pesante altrimenti te lo avrei detto. Mi ha detto che anche se ti voleva bene, non riusciva a non dirmi che era innamorato di me perché era diventato un sentimento troppo forte. Io, ovviamente, l'ho respinto. Mi faceva tenerezza perché si vedeva che era combattuto. Viveva questo sentimento per me con un gran senso di colpa nei tuoi confronti." Mauro la zittisce con aria di disgusto.

"Sta' zitta, non ci credo, Gianni è un buon amico, se continui dovrò dirgli delle tue calunnie perché non devi passarla liscia neppure con i nostri amici"

"Diglielo pure, io sono pronta ad un confronto diretto, ma vedrai che lui negherà tutto, non è stato mai un coraggioso, non potrà di certo dirti che quello che ti ha raccontato di me non era la realtà... pensa che figura meschina ci farebbe...

"Come ha fatto ad inventarsi tutto...e poi perché?

"Per vendicarsi di me perché lo avevo rifiutato sempre...in realtà mi ha visto qualche volta per la strada con il mio amico e un giorno ci siamo pure salutati, io gliel'ho presentato dicendogli che era un amico di vecchia data e che non ci eravamo persi di vista dai tempi del liceo. Ha visto forse che parlavamo con familiarità e ci ha costruito una storia"

"Perché non mi hai parlato mai di questo amico se davvero era una cosa casta?" Appare evidente che Mauro non se la beve e Lara è molto furba, sa che dicendo mezze verità sarebbe stata più credibile.

"Per due motivi, ti avrei fatto ingelosire e la storia è stata casta solo in parte"

"Che vuol dire?"

"Ci siamo comportati come amici tranne che una volta. Quasi sempre facevamo delle passeggiate parlando dei tempi passati, della scuola, delle antiche amicizie, della nostra vita attuale...lui della moglie che non ama ed io di te che amo ma... gli ho pure detto che mi manchi perché sei troppo impegnato col lavoro. Avrei voluto sfogarmi con un'amica, ma di amiche non ne ho, le donne sono sempre state nei miei confronti gelose o invidiose. Ed è per questo che avevo bisogno di lui, avevo bisogno di parlare, di aprire il mio cuore. Tu non avevi mai tempo per ascoltarmi, ma solo per fare l'amore o meglio per fare sesso. Tutto questo non puoi negarlo."

"Per me era anche amore, non solo sesso"

"E allora perché parlavamo molto poco e tu eri sempre con la testa in tribunale?"

"Il mio lavoro è impegnativo e tu pure eri impegnativa. Avevi sempre bisogno di soldi per soddisfare i tuoi capricci di ogni genere... ma torniamo al dunque: come era questo tuo "casto" rapporto col tuo amico". Lara, abituata ad inventare frottole, ci mette solo un attimo per costruire un qualcosa che a parer suo potrebbe essere credibile e meno grave.

"il nostro è stato un rapporto casto con una sola eccezione... dopo avermi rivelato più volte di essere innamorato di me, mi disse anche che ero diventata un'ossessione e che se solo una volta avessimo fatto l'amore forse si sarebbe attenuata. Comunque promise che se ciò fosse avvenuto non mi avrebbe più chiesto nulla, tranne che la nostra amicizia rimanesse intatta.

In quel periodo era diventato l'ombra di se stesso, era sofferente per questa ossessione... ho riflettuto molto, tu eri sempre più assente e io sentivo che dovevo qualcosa a questo mio amico che aveva colmato questa mia solitudine... facemmo l'amore. Lui rispettò il patto e dopo quel giorno continuò solo la nostra amicizia."

"E io dovrei crederti? Hai sposato un avvocato, non un santo!"

"E questo mi piace di te, che non sei un santo" gli si avvicina con tutta la sua voluttuosa impudenza e solo con un soffio di voce continua a parlare "io ho sempre desiderato solo te... ricorda le tue mani sul mio corpo e le mie mani sul tuo corpo" comincia a toccarlo sapientemente, lei sa come intrappolare un uomo, lo sa bene, ha una grande esperienza ... Mauro cerca di sfuggire ma Lara non gli dà tregua, la sua rete è sempre più fitta e la sua preda è ormai paralizzata dalle sue mani, dalla sua bocca, dalla sua spudorata offerta di sé...lo spoglia con mani leggere baciando languidamente tutto il suo corpo, poi lo accarezza sempre più appassionata, struggente per fargli capire che lo vuole dentro di sé. Non c'è scampo per Mauro. Entra in quel vortice di sesso. È privo di volontà ed è voluttuosamente felice di non avere più volontà, felice di essere schiavo della sua maga Circe.

Si addormentano esausti dopo quell'immenso turbine di erotismo.

Qualche ora dopo Mauro riesce ad aprire gli occhi e a rendersi conto dell'accaduto. Vede Lara, addormentata e ancora nuda accanto a sé. Prova un disorientamento che non aveva mai provato nella sua vita. Pensa anche che Lara potrebbe avergli fatto bere qualche droga, ma ricorda di non aver bevuto nulla durante il suo incontro con lei. Comunque si sente drogato, come ha potuto essere soggiogato da quella donna infedele. Non crede a nulla di quello che aveva cercato di fargli credere lei. Ora vede un po' più chiaramente quella donna, che era stata sua moglie. Sente a pelle solo adesso che non poteva essere stata mai una donna fedele quella con la quale aveva fatto l'amore ore prima. Chi è Lara? Una donna annoiata che cerca diversivi sessuali o una vera e propria ninfomane? Non capisce più nulla in quel momento. Tra quella nebbia mentale le appare Ester, quella donna con il cuore ancora puro di una bambina, che lui invece ha tradito squallidamente. Sente che deve temere Lara perché ha avuto un potere strano su di lui in quegli amplessi. Deve assolutamente avere la forza di respingerla se non vuole diventare un burattino tra le sue mani.   Percepisce che lei potrebbe diventare una droga per lui. Giura a se stesso che non avrebbe più ceduto alle sue proposte indecenti e tremendamente seduttive.

Durante il suo matrimonio sapeva che Lara era una donna calda che a volte sentiva insaziabile, ma non era stata mai così.

Solo adesso dopo queste ore di sesso sfrenato vede la moglie sotto un'altra luce. Gli è chiaro ormai che a una donna così non può bastare un solo uomo e non era certamente bastato lui, sempre oberato di lavoro. Ora comprendeva che doveva essere stato un gran "cornuto" e questa consapevolezza lo fa impazzire. Avrebbe dovuto ringraziare il suo amico che gli aveva aperto gli occhi.

Ormai consapevole, non può più attendere. Deve svegliare Lara e trattarla come merita. Deve costruire un abisso tra di loro. La scuote con fermezza.

"Lara è ora che torni a casa tua. Io ho degli impegni. Vai in bagno, fatti una doccia e fila via…" Lei apre gli occhi imbambolata, per un po' tace, vuole capire bene per non sbagliare tattica.

"Mauro… dammi il tempo di svegliarmi e di capire…"

"Non c'è nulla da capire. Hai cercato di circuirmi, io sono stato al gioco perché mi piaceva. Neanche una prostituta sarebbe stata più brava di te. Ti ringrazio anche perché il tutto è stato gratis… brava hai un mestiere assicurato, ma ti devi sbrigare ad esercitarlo perché ci sono una miriade di donne più giovani e più belle che sono di certo concorrenti temibili..." Lara ha un attimo di smarrimento, non si aspetta di certo quegli insulti da Mauro, che era stato sempre un uomo galante e rispettoso.

"Amore, non ci posso credere... per te è stato un gioco...mi paragoni ad una prostituta...(in quel momento le vengono in mente tutti i suoi viaggi in cui era andata a letto con uomini appena conosciuti, ma cerca di scacciare quei ricordi per rientrare nel ruolo di moglie pressoché devota) ti rendi conto di quello che mi dici... per me non è stato un gioco, è stato amore, desiderio, passione..."

"La stessa passione e desiderio che avrai mostrato al tuo amichetto e a chissà..."

"Cosa dici... con lui sembravo una bambola di pezza, avevo fatto quel patto, ma non provavo niente per lui... ha avuto anche un'eiaculazione precoce ed io ho finto di godere."

Non era certamente vero perché anche col suo amico aveva soddisfatto tutte le sue voglie sfrenate e non solo una volta, tante volte. Avevano una relazione stabile, intervallata solo dai suoi viaggi in cui soddisfaceva la sua libidine con gli sconosciuti.

Mauro non le crede più. Gli vengono in mente come dei lampi. Sono accadute cose strane in passato a cui lei aveva dato una spiegazione ogni volta. Quella che supera tutte la altre gli fa pensare di essere stato un vero idiota a crederle.

Al ritorno di uno dei suoi viaggi Lara era andata a fare una doccia, aveva lasciato la sua borsetta in bilico sulla consolle dell'ingresso, Mauro inavvertitamente l'aveva urtata ed era caduta aprendosi e lasciando in bella vista una busta di farmacia. Mauro incuriosito, l'aveva aperta ed aveva trovato dei profilattici. Nulla di strano se non fossero stati acquistati ad Amsterdam, meta di quest'ultimo suo viaggio. Mauro era rimasto molto perplesso e, uscita la moglie dal bagno, le aveva domandato il perché di questo strano acquisto. Ricordava un suo leggero imbarazzo nel rispondere, seguito subito da una risposta plausibile. Gli rispose che siccome non ricordava se ne fossero rimasti sprovvisti, essendo lei in un momento di fertilità, voleva al suo ritorno poter amare il suo maritino in tutta tranquillità. Lui gli ha creduto anche se lei ne acquistava sempre in abbondanza. Inoltre aveva poi controllato nel cassetto ed ancora erano ben provvisti di profilattici.

Si rende conto ora che aveva voluto crederci come aveva fatto altre volte quando sentiva telefonate sospette alle quali Lara dava sempre una spiegazione plausibile. E inoltre doveva anche credere al suo amico, che lo aveva messo in guardia da Lara, perché è un amico onesto e sincero che conosce profondamente. Ormai Mauro si è strappato la benda dagli occhi, non avrebbe più creduto alla moglie.

"Non credo neanche a una parola di quello che dici... ora mi disgusti, vai a farti la doccia se vuoi, altrimenti vattene subito"

A questo punto lei va in bagno e fa la doccia soprattutto per pensare a come risolvere al meglio la situazione. Esce dal bagno vestita di tutto punto, è chiaro che il ruolo dell'ammaliatrice ora non funziona.

"La doccia mi ha fatto bene, ora me ne vado non ti preoccupare, non ho intenzioni di subire altre umiliazioni non meritate. Io sono stata sincera. Avrei potuto dirti che non ti ho mai tradito, invece quella unica volta l'ho fatto. Ti ho detto tutto, ti ho spiegato tutto, ma tu continui a non credermi e a vedere in me chissà quale ammaliatrice..."

"Lo dice il tuo corpo chi sei... lo sento a pelle ormai chi sei veramente e non ho altro da aggiungere."

Per il momento Lara sente che deve mollare la preda, in futuro potrebbe essere proprio la sua libidine a ricondurlo a sé. Ora può solo recitare il ruolo della moglie umiliata e incompresa.

"Me ne vado, ti dico però solo una cosa, siccome io non ho mai lavorato per dedicarmi a te e non sono una prostituta, ho bisogno che tu mi dia gli alimenti e i cospicui alimenti che merito. Continuerò a contattarti attraverso l'avvocato se non vuoi vedermi, ma io spero che vorrai vedermi per metterci d'accordo fra noi pacificamente. Tu sei sempre il mio amore e la mia passione ricordalo..." Se ne va accompagnando la porta per non far rumore.

Lui rimane ancora inebetito, le emozioni sono state troppe. Lara è stata un turbine, l'ha sconvolto. Si ripete che è pericolosa. Si ricorda anche che lei appariva nei suoi amplessi con Ester, lui la respingeva, ma lei riappariva. L'amplesso con Ester era dolce e appassionato, ma quando era vicino all'orgasmo riappariva Lara e la sua voluttà. Ha paura, la sente come una droga e vuole fuggire da questo pericolo.

Il giorno dopo telefona ad Ester, vuole sentire un'atmosfera diversa, un ruscello cristallino dopo uno tsunami. Non può dirle nulla del suo tradimento, lei non capirebbe, certamente la loro relazione entrerebbe in crisi e lui non vuole. Sente che quell'amore pulito gli fa bene. Vede che Ester lo ha chiamato la sera precedente, lui non si è accorto di nulla perché, la notte precedente uscita Lara di casa, si era sentito male, un malessere tanto forte che non comprendeva, comunque non voleva pensare ed allora aveva bevuto troppo e si era addormentato. Adesso immagina che Ester le avrebbe chiesto qualcosa sulla sua telefonata senza risposta e cerca di pensare le parole giuste.

"Ciao Mauro, tutto ok?"

"Sì amore, perché non dovrebbe essere tutto ok?"

"Perché ieri non mi hai telefonato neppure per la buonanotte, io ti ho chiamato, ma non hai risposto"

"Hai ragione tesoro, ma ieri ho avuto una giornata incredibile in tribunale, sono tornato a casa stanchissimo, mi sono seduto sul divano ed ho bevuto un po' troppo cercando di rilassarmi, invece mi ha fatto male, mi sono trascinato sul letto e mi sono svegliato dieci minuti fa, ho bevuto un caffè molto forte ed eccomi qua pronto a scusarmi con la mia dolce compagna"

"Sono contenta che non sia accaduto nulla di grave, sono stata un po' in pensiero, ma ora sto tranquilla anche perché so che questa piccola sbornia è un'eccezione, tu sei sempre controllato nel bere."

"Stai tranquilla, non mi piace bere troppo." Mauro si sente ancora un po' frastornato per tutte le emozioni della sera e della notte precedenti ed anche per questo le chiede di venire a casa sua. A casa di Ester non è ancora possibile, visto lei vuole prima parlare alla figlia dei loro rapporti.

Una serata e una notte disastrose. Dopo aver mangiato entrambi qualcosa, senza appetito, è prevedibile che finiscano nella stanza da letto. Ore di preliminari senza giungere al dunque, lui forse è spossato per la sera precedente o forse, ancora preso dal modo di fare sesso della moglie, non si eccita con gli atteggiamenti così diversi di Ester. Virilmente ora si sente pressoché nullo. È terrorizzato. Perché Ester non lo eccita? Forse Lara le ha lasciato nel sangue il suo impudico, lascivo erotismo che lo irretirà in futuro? Non comprende nulla in questo momento, vuole solo abbracciare Ester, scusarsi con lei, facendosi scudo con la sbornia della sera precedente. E lo fa con vere parole d'amore. Inoltre la sente come la sua salvezza. Doveva essere la sua àncora. Aveva già sofferto molto durante la separazione, non voleva soffrire più. Ester gli crede e lo consola non facendogli pesare l'accaduto, anche se in fondo si sente perplessa e dispiaciuta . Si abbracciano e si addormentano abbracciati.

In piena notte sentono suonare ripetutamente alla porta. Si alzano entrambi preoccupati. È Lara che con foga abbraccia Mauro inebetito.

"Scusa Mauro, mi sento male, sono preda di un attacco di panico" simula sapientemente il malessere, si accascia tra le braccia di Mauro, parlando con filo di voce. Mauro la fa sedere sul divano e guarda Ester scusandosi. Lara ansima.

"Perdonatemi...un calmante per favore..." Mauro va in bagno a prendere un calmante e un bicchiere d'acqua.

"Mi scusi anche lei... sono la sua ex moglie... lo amo ancora tanto..." Ester è, a dir poco, frastornata, ma molto attenta per capire il tutto

"Ecco il calmante... bevi e calmati...che è successo?

"Stare insieme a te ieri notte mi ha sconvolto... ti ho amato ancora di più...perdonatemi...perdonatemi...che sto dicendo..."

"Sei ubriaca?... ma forse ho capito... stai facendo una commedia...per... vattene!"

"Perdono... anche a lei signora chiedo scusa, lei forse è la nuova compagna e io ho... mi sentivo male... non sapevo a chi rivolgermi... da quando mi ha lasciata ho attacchi di panico... ma questa volta è stato tremendo...pensavo di morire, ti amo troppo Mauro... ora me ne vado, ma ricordati che ti amo troppo e te l'ho dimostrato questa notte" Barcollando se ne va come nelle migliori scene madri.

Ester non riesce neppure a parlare, tanto si sente sconvolta, Mauro non sa che dire, non sa neppure come affrontare il discorso, non sa se mentire ancora oppure essere sincero come lui è di natura. Stanno in silenzio per pochi interminabili minuti.

"Mauro voglio dirti prima di tutto una cosa... la più importante. Non mentire. Lo hai fatto per ieri notte, non farlo più."
Per la prima volta Mauro sente la sua dolce Ester severa, tassativa, non ammetterebbe menzogne.

"Hai tutte le ragioni. Perdonami, non ti mentirò mai più. Io per natura non sono un bugiardo, ma ieri notte mi sono sentito come preso in una rete. Mi sentivo drogato, senza forze. In principio l'ho trattata come meritava. Diceva di essere venuta solo per gli alimenti, ma non era così. Voleva di più, molto di più. Durante il matrimonio io pensavo di conoscerla, ma non la conoscevo. Sapevo che era una donna calda, avvolgente ma pensavo fosse così solo con me. Con il tempo ho avuto dei sospetti, ma lei trovava sempre il modo di allontanarli dalla mia mente. Ieri è stata anche colpa mia perché ad un certo punto mi sono lasciato trascinare come un adolescente tra le reti di una maliarda molto più consapevole di lui. Alla mia età è riprovevole,

Io so, ma ora posso solo chiederti perdono. Io desidero un amore come il tuo... pulito, vero... credimi..."

Gli occhi di Ester dicono tutto, delusione, dolore, stupore, inquietudine, timore. Non riesce ancora a proferire parola.

"Ester amore perdonami, non temere perché non succederà più. Non le permetterò di avvicinarmi con le sue subdole intenzioni. La terrò lontana come la più sporca delle tentazioni. Terrò i contatti solo attraverso gli avvocati. Devi stare tranquilla, non succederà più."

"Mauro, io mi sento sprofondare in un abisso... le tue parole non mi tranquillizzano perché avverto che tu ti senti una possibile preda che cerca di trovare riparo...io dovrei essere il tuo riparo. Non so se ne sarei capace, anzi non so neppure se lo voglio. Ho assolutamente bisogno di una vita serena e quale vita serena potrei avere con una predatrice alle porte?

"Amore ti assicuro che io voglio vivere la mia vita con te..."

"Ti credo perché con me ti sentiresti al sicuro... con una donna fedele che ama solo te... ma io come vivrei? Per ora non riesco neppure a pensarci, anzi non voglio proprio pensarci. Quando mi sarò calmata rifletterò su tutto. Ora mi viene in mente solo che ho fatto bene a non parlare di te con mia figlia in modo approfondito. Lei mi chiedeva di te...del viaggio... io le ho solo detto che siamo stati bene, ho raccontato delle bellezze di Lisbona. Quando mi ha chiesto del nostro rapporto io ho risposto semplicemente che ne avrei parlato in seguito e non per telefono. Forse me lo sentivo che era meglio attendere prima di esprimermi sulla nostra relazione.

"Non dirle nulla amore perché vedrai che tutto si aggiusterà."
Mauro si avvicina per abbracciarla, ma lei si scosta.

"No Mauro, adesso voglio stare sola, vado a casa... penso che lo comprenderai, sei un uomo intelligente."

Ester va a casa e tutto il giorno seguente sta da sola. Non vuole sentire nessuno. Riceve qualche telefonata al cellulare alle quali non risponde. Scrive solo un sms alla figlia per comunicarle che è tutto ok e che la richiamerà. Sta male, piange per sfogarsi un po', ma neanche più di tanto, non vuole commiserarsi, vuole reagire. Sente comunque che ha bisogno anche di un sostegno. Non vuole parlare con la figlia e non vuole parlare neppure con Mara perché adesso sta con lo zio di Mauro e non vuole raccontarle nulla per ora. Le viene in mente Dario, sente che lui può aiutarla a raccapezzarsi in questa brutta situazione perché è un amico sincero e saggio. Gli telefona accennandogli solo i fatti, gli dice che sta male e ha bisogno di lui, della sua lealtà, della sua dolcezza.

Il giorno dopo Dario è sul divano di Ester pronto ad abbracciarla, a consolarla. Lei gli racconta tutto per filo e per segno perché è confusa, ha estremo bisogno del parere del suo caro amico. Gli racconta del suo rapporto con Mauro, della sua felicità a Lisbona e del suo incubo nel vedere la ex moglie piombare nella camera da letto di Mauro, dove loro due stavano dormendo. Gli racconta di Lara, bella e sensuale, che si getta tra le braccia di Mauro seminudo e fa trapelare chiaramente ciò che è successo la notte precedente, sicuramente al fine di separarli. E infine gli dice che Mauro le ha praticamente chiesto di proteggerlo dalla donna fatale. Dario ascolta tutto con attenzione e con empatia. La sostiene carezzandola e abbracciandola protettivo.

Quando Ester ha terminato il suo lungo racconto, Dario dopo averla coccolata ancora un po', per spezzare quell'atmosfera dolorosa, le chiede di prepararle un buon caffè per accompagnarlo ai deliziosi biscottini che le ha portato. Vanno in cucina abbracciati come due innamorati. Lui vuole molto bene a lei e sappiamo bene che lei ne vuole a lui. Il caffè però non la distrae dalla sua frustrazione, ha bisogno di parlare anche della sua autostima ora disintegrata. Mauro stringe le sue mani per proteggerla dal dolore e non le lascia mai mentre Ester parla come un fiume che ha rotto gli argini. Si sente protetta da quelle mani. Dario è uomo e donna contemporaneamente. Forte come un uomo e accogliente come una donna.

"Non mi ricordo cosa ti ho raccontato del mio passato, ma ora ho bisogno di parlare... di parlare...di parlare" E racconta:

"Da ragazza ho avuto il mio primo grande dolore per amore...il mio primo amore mi aveva usata solo per il suo ego, per la sua immagine. Tutti dicevano che ero la più bella della classe quindi un ottimo trofeo per lui ma poi, raggiunto il suo scopo, mi aveva abbandonata senza neppure lasciarmi in modo dignitoso. Mi aveva lasciata semplicemente non cercandomi più. Io un giorno lo contattai per telefono. Sentivo di avere il diritto di sapere perché le avevo dato tutta me stessa, e a quei tempi la verginità era ancora un valore. Gli chiesi perché non lo avevo più visto e neppure sentito. Lui sapeva dove abitavo ed aveva il mio numero di telefono. Io già in precedenza avevo provato a chiamarlo telefonicamente, ma mi rispose una voce sconosciuta informandomi che lui non abitava più lì. Sentivo di aver diritto ad una spiegazione. Quando sono riuscita a comunicare con lui gli dissi che avevo avuto il suo numero telefonico da un'amica ed ora mi doveva dire che cosa era accaduto. Mi rispose con una naturalezza sconcertante che aveva cambiato casa e donna ed ora era innamorato. Non capiva perché avrebbe dovuto cercarmi, visto che la nostra storiella era finita. Lui non mi aveva più contattato per cui dovevo rendermi conto della situazione. La storiella era giunta al termine. Io replicai, con voce severa, che non era una storiella per me visto che sono stata sua. Lui rise e mi snocciolò una serie di opinioni che aveva su di me. Mi fece sprofondare. Per lui ero antiquata, insignificante, senza personalità. Ero solo bella e di questa bellezza lui si era stancato. Ebbi una piccola soddisfazione molti anni dopo. Da un'amica comune seppi che si era sposato con la sua fidanzata non antiquata. Questa però, dopo un solo anno di matrimonio, lo aveva mollato per un uomo facoltoso dicendo di lui peste e corna."

"Vedi Ester, la stupidità umana non ha limiti... tu non puoi di certo abbassare l'asticella della tua autostima a causa di un essere così meschino, limitato..."

"In questo momento tutto mi fa sentire quasi una nullità... Mauro mi stava facendo sentire meglio dopo la delusione per mio marito che mi ha lasciato per una donna palesemente interessata ed avida."

"Tuo marito non ama certamente la russa, si è lasciato irretire dal sesso..."

"Ecco bravo esattamente come Mauro che si è abbandonato alla lussuria della moglie dimenticandosi di me... a questo punto ho paura del sesso. Io non sono frigida ma non sono neppure una Circe. Non so come si fa a sedurre, ad irretire... e visto che solo questo affascina io rimarrò sempre sola senza la carezza di un uomo... senza l'abbraccio di un uomo... senza che un uomo mi desideri...sento un vuoto spaventoso... non voglio pensare... è...
(la voce si fa flebile) tutto difficile... non posso pensare... Dario mi sento... debole... non mi reggo..." Dario la sostiene conducendola verso la camera per adagiarla sul letto.

È così bella adagiata sulla coperta di raso turchese che luccica, sembra una sirena fra le onde. Dario si siede accanto con il solito rispetto che ha nei suoi confronti. Le tiene una mano con affetto.

"Adesso basta parlare tesoro, non ti fa bene rivangare troppo il passato, invece rilassati, se vuoi dormi, il sonno ti ristora, io sto accanto a te... ti tengo la mano"

"Grazie Dario..." lentamente entra in un benefico torpore, proferisce ancora qualche parola "impastata" da quello stato di grazia "Dario caro vieni... vicino a me... sul letto...so ... mi vuoi solo bene...va bene così" non dice più nulla e pian piano si addormenta. Lui sa che lei non gli chiederebbe mai niente quindi si adagia sul letto vicino a lei.

È preoccupato per la sua amica. Le vuole davvero bene come non ha mai voluto ad una donna. L'affetto che prova per sua madre e per sua sorella è molto diverso da quello che prova per Ester.

Quando, non volendo, l'aveva ferita dicendole che lui era gay, avrebbe voluto essere un uomo completamente per fare l'amore con lei. Una donna così meritava di essere amata. Lei meritava un uomo che la facesse volare in alto amandola. Comprende ora il perché dei suoi bellissimi quadri, che continua a dipingere. I voli sono sempre presenti, vivi, palpitanti. Rappresentano i suoi desideri di donna.

Dario sente di comprendere profondamente questa donna adagiata sul letto. Il sonno la rende più serena, le sue labbra dischiuse sembrano offrirsi all'amore tanto anelato. Si avvicina al volto di lei e rapito da quelle labbra la bacia delicatamente per non svegliarla. Ora anche lui sente una grande confusione.

Un turbinio di ricordi invadono la sua mente. Ricordi lontani, ma non svaniti. Quando era ragazzo aveva vissuto due esperienze come eterosessuale.

La prima, dopo averla vissuta gli aveva lasciato soltanto amarezza.

Era in vacanza ancora con la sua famiglia. Aveva quindici anni. I genitori avevano preso tre stanze in albergo, una per loro, una per la figlia ed una per lui. Il fratello non era andato con loro, per motivi di studio.

La cameriera che veniva a fare le pulizie nella sua stanza aveva più anni di lui, ma era bella e disinibita. Aveva capito che quel bel ragazzo così giovane non aveva molta esperienza e si era messa in testa di iniziarlo al sesso. Gli diede appuntamento nella stanza di lui. Lei, molto audace, non ci mise molto con suoi metodi ad eccitarlo. Ma Dario insieme all'eccitazione sentiva una sorta di disgusto. Fecero sesso come lei voleva, ma a lui in fondo non piacque.

La seconda esperienza da eterosessuale fu con una sua compagna di scuola, anche questa volta lui non fu molto attivo. Lei non aveva l'esperienza della precedente ma, dandosi da fare parecchio, riuscì ad eccitarlo e fecero l'amore. Anche questa volta Dario non si sentiva appagato e la storia finì lì.

In seguito si rese conto di non sentirsi attratto dalle donne, ma dagli uomini. Sentiva attrazione per qualche amico o qualche conoscente. Questo ovviamente lo preoccupava perché capiva di essere diverso da tutti gli altri ragazzi che invece non vedevano l'ora di amoreggiare con le ragazze. Un giorno conobbe un ragazzo che lo aveva compreso perché aveva le sue stesse pulsioni, era omosessuale, ma ormai aveva accettato la sua natura ed aveva fatto le sue esperienze. Iniziò Dario alla sua nuova vita.

Susseguirono alcune altre esperienze che gli fecero capire chiaramente che era omosessuale. Lui non accettava la sua situazione facilmente, si sentiva appagato sessualmente, ma voleva di più, voleva l'amore. Non si concesse più avventure. Fu fortunato perché in seguito incontrò il compagno della sua vita attuale, al quale è ancora molto legato.

Ora si vede qui disteso sul letto, non eterosessuale, non omosessuale ma solo uomo accanto a questa donna, che non somiglia affatto alle due ragazze con le quali aveva fatto l'amore. Lei non gli carpisce il corpo, gli accarezza l'anima.

Lo seduce non volendo, lo affascina non volendo.

Poi senza rendersi conto di quel che accade sente che anche il suo corpo risponde stranamente a queste emozioni sgorgate, senza consapevolezza, da lei. Ora la sua anima dà forza al suo corpo, vuole penetrare in lei, essere un solo corpo dentro di lei. Dario vuole fare l'amore con Ester. La sua anima vuole fare l'amore con lei. Ed è la più forte.

Lui l'abbraccia, le sussurra di non aver paura perché c'è amore fra loro. Li proteggerà. Le sussurra di abbandonarsi a questo dono, di viverlo questo dono. Fanno l'amore. Si fondono l'uno nell'altra. Finalmente lei vola e lui con lei.

Forse sarà un unico momento, ma un momento che vale una vita.

È un attimo di felicità perfetta. La assaporano tutta fino a quando i loro corpi sono appagati completamente. Per qualche minuto si guadano, si accarezzano senza parlare, poi Ester per prima vuole esprimersi.

"Dario, abbiamo vissuto l'incredibile, l'impensabile, sono grata alla vita per questa inaspettata felicità, non so neppure come sia potuto accadere..."

"Anche io provo tutte queste sensazioni ...non so cosa pensare, è successo tutto così spontaneamente...mi sembra quasi impossibile che sia accaduto..."

Anche Dario si è sentito completamente felice, è volato in alto anche lui, ma ora nel suo volto c'è anche preoccupazione. Ester l'avverte ma inaspettatamente è tranquilla.

"Dario, io sono tranquilla e consapevole. Ho vissuto una felicità che nessuno mi potrà togliere. Si sa che la felicità si prova solo per alcuni attimi. E questo meraviglioso momento che abbiamo vissuto, nessuno ce lo potrà togliere."

Ester lo guarda ed è chiaro che ciò che hanno vissuto lo hanno reso felice, ma non certo sereno.

"Dario io ti conosco e vedo che sei preoccupato anche se cerchi di nasconderlo. Io voglio togliertele tutte queste preoccupazioni.

"Ester io sono felice di questo..." Ester lo interrompere

"Io so che sei felice per quello che abbiamo vissuto, ma ora sei preoccupato per il tuo compagno, per la tua omosessualità, per me..."

"Forse hai ragione..."

"Non devi esserlo, non devi sciupare tutto per sensi di colpa, per paura di ferire... ascoltami attentamente... tutto ciò che è avvenuto tra noi sarà il nostro segreto... un segreto pulito perché ogni cosa che si fa per amore, con amore è pulita. Il tuo compagno è l'uomo della tua vita, per lui provi amore ed è un amore collaudato negli anni. Non togli nulla a lui.

Per me non ti devi preoccupare. Gli altri uomini mi hanno dato dolore, tu mi hai dato amore vero. Il volo che volevo fare l'ho vissuto insieme a te. Che importa se è un volo che dura un attimo o una vita. È stato un volo d'amore vero ed è quello l'importante. Nulla può durare per sempre… ma quando si è vissuto nessuno può togliertelo… Inoltre tu devi seguire la tua natura… sei omosessuale ed è giusto che continui a vivere la tua omosessualità semplicemente, senza farti problemi. Quando vivrai male per la tua natura, anche solo per un attimo, pensa a me. Pensa che tu mi hai fatto vivere un qualcosa di meraviglioso che nessun eterosessuale mi ha mai neanche lontanamente fatto vivere"

"Ester, tu mi comprendi di più di quanto faccia io stesso. Sei il mio angelo, non posso fare a meno di te"

"E non devi fare a meno di me, ora saremo più amici e legati di prima, avremo il nostro piccolo, grande segreto. Ricorda solo che è un segreto pulito, non farà male a nessuno."

"Se lo dico al mio compagno si romperà qualcosa, lo sento"

"E non devi mai dirglielo… lo faresti soffrire per nulla perché questo che è successo tra noi non si ripeterà più. Sento che se accadesse rovinerebbe il nostro grande affetto reciproco, il tuo rapporto con l'amore della tua vita e la magia di quello che abbiamo vissuto ora. Torniamo alla nostra vita, tenendo nel cuore il regalo che ci ha fatto."

E tornano alla loro vita. Dario con il suo compagno ed Ester con il suo dilemma nei confronti di Mauro. Può perdonarlo e vivere con questa spada di Damocle sulla sua testa? Lara è una spada che rivuole il marito a tutti i costi e con le sue armi ci riuscirebbe. Sente che è meglio troncare, vuole una vita serena, ha vissuto già le sue pene, ora vuole stare tranquilla, ritelefona a Mara per raccontargli tutto e lo fa dopo una notte insonne.

Racconta all'amica del tradimento e del suo proposito a riguardo, Mara invece vorrebbe farla desistere dalla sua decisione, a parer suo, troppo affrettata.

"Ester pensaci bene, Mauro è una brava persona, potresti aiutarlo ad allontanarsi definitivamente da quella ninfomane. Lo zio è preoccupato per lui. Mauro gli ha telefonato e gli ha detto tutto per sfogarsi perché neanche lui sta bene. Soffre per quello che è accaduto. Allo zio non è mai piaciuta Lara, per questo è preoccupato"

"Io però non me la sento di fare la crocerossina... non mi fido di queste storie ambigue. So che ora tu stai con Francesco e rimarrò pressoché sola, ma preferisco la solitudine ad un rapporto che mi farà stare sempre in apprensione"

"Rifletti prima di lasciarlo, stai in guardia ma vedi cosa succede ora. Lo lascerai se ti renderai conto che lui può ricascare nella trappola di Lara"

Ester segue il consiglio dell'amica e appena Mauro le telefona gli dice delle sue grandi perplessità e gli chiede esplicitamente di essere sincero perché non ha nessuna intenzione di vivere un rapporto ambiguo. Lui cerca di rassicurarla, ma Ester lo avverte che il loro rapporto ora in bilico e sarà il tempo a dare risposte.

Continuano per qualche tempo la loro frequentazione, ma ad un certo punto sarà il destino a metterli difronte alla realtà.

Spesso passano delle serate insieme a Mara e a Francesco, si trovano bene insieme, si divertono, vanno a teatro, vanno a ballare e più spesso cenano insieme a casa di Francesco.

Mara è felice del suo rapporto con Francesco, per la verità sono tutti e due felici del loro incontro, vivono insieme, e lei ha scoperto di essere brava in cucina, quindi prepara delle cenette gustosissime per il suo uomo.

Spesso invitano anche Ester e Mauro. Cenano, poi giocano a carte oppure chiacchierano ore ed ore piacevolmente.

Proprio durante una di quelle serate il destino gioca un brutto tiro o forse il giusto tiro.

Mauro riceve una telefonata di un vecchio amico di Lara. Lo avverte che lei ha avuto un brutto incidente d'auto ed è ricoverata in ospedale in gravi condizioni. Mauro impallidisce riferendo l'accaduto.

"Lara ha avuto un incidente ed è in gravi condizioni all'ospedale... scusate io devo andare... Francesco cortesemente riaccompagna tu Ester a casa perché non so se farò tardi... appena posso vi faccio sapere... Ester scusa cara... ma la situazione è grave" e salutando velocemente, esce. Anche Ester impallidisce, ma per ben altro motivo.

"Scusate amici miei ma io non so che dire... lo vedete anche voi come è sconvolto..." Mara cerca di mitigare

"Ester, io capisco che tu ora, alla sua reazione, rimani sconvolta... però calmati... rifletti... gli hanno detto che è in gravi condizioni... forse è normale che lui reagisca così... è stata sua moglie...

"Ma non avete visto... io in un attimo sono scomparsa... non mi ha detto neppure se volevo andare con lui..." ora è Francesco che cerca di calmarla

"Forse non ha ritenuto opportuno che tu, la sua nuova compagna, andassi in ospedale dove c'è la sua ex moglie in quello stato"

"Ecco proprio perché questa è la situazione, io non sarei mai entrata nella stanza dove è sua moglie... però è chiaro che non voleva avermi vicina... chi sono io per lui? Una specie di pacco che ha rifilato a voi per farmi accompagnare a casa? Scusatemi ma io ora sono sconvolta voglio andare via... riflettere... voi rimanete tranquilli chiamo un taxi..." Francesco ovviamente la ferma.

"Calmati... rimani qui con noi ... abbiamo la stanza degli ospiti..." anche Mara interviene

"Non esiste... tu rimani con noi... aspettiamo insieme notizie o telefoniamo noi a Mauro...

"No Mara qui starei più male, vi ringrazio, ma mi conosci... ho bisogno di riflettere da sola in silenzio"

"Francesco, è vero io la conosco... lei ha bisogno di stare sola a volte" poi si rivolge Ad Ester: "Ok, va bene, però ti accompagniamo noi e non replicare..."

Durante il tragitto verso casa, loro cercano di nuovo di farle vedere il tutto sotto un'altra angolazione, ma non ci riescono, il solo desiderio di Ester ora è di andare a casa sua e di chiudere la porta al mondo.

Entra, va in bagno, prende un calmante, poi si mette a letto. Per ora non vuole pensare, e forse per questo e con l'aiuto del calmante, si addormenta quasi subito.

La mattina si sveglia presto, non sta proprio male, forse dopo i dispiaceri della vita ora sa difendersi meglio dalle "batoste". Si fa un caffè, lo beve lentamente e solo dopo va a controllare se sul cellulare ci sono messaggi. Ce ne sono vari tra cui quello di Mara: "Ciao Ester cara, chiamami quando vuoi, io non ti voglio disturbare troppo presto, ti riferisco solo che Mauro ci ha chiamato per dirci che Lara è effettivamente molto grave e che i dottori ancora non si pronunciano. Lui deve stare lì anche perché non c'è nessuno che ci tenga informato su di lei...ha detto Francesco che Lara non ha parenti stretti, comunque fammi sapere come stai tu, ti abbraccio" poi legge il messaggio di Mauro: "Ciao Ester, scusami se ieri sono uscito così di corsa, ma ho capito che la situazione era grave ed effettivamente è così purtroppo. Io devo stare qui perché Lara non ha parenti stretti e nessuno si occuperebbe di lei, sicuramente tu comprenderai, ti farò dei messaggi per tenerti informata"

Ester comprende bene, soprattutto comprende che probabilmente tra loro è finita. Deve capire solo se l'accudimento di Mauro nei confronti di Lara è solo carità cristiana per una donna che è praticamente sola oppure è l'atteggiamento di un marito ancora innamorato. Ora non può fare domande a lui, si sentirebbe troppo puerile e poi non sarebbero le risposte di lui a tranquillizzarla. Solo il passare del tempo potrà toglierle i dubbi.

E il tempo passa. Ester ha la buona notizia che Viola aspetta un bambino. Questo evento sta facendo crescere la figlia perché è talmente presa dalla sua gravidanza che ormai non è più troppo apprensiva nei confronti della madre. È diventato un rapporto più normale fra loro, non c'è più il cordone ombelicale a tenerle troppo unite, ma la gioia di entrambe per la nuova vita che sta per sbocciare.

Amerigo non sta ancora bene dopo l'infarto. La russa, appena ha capito che era troppo difficile strappargli altre risorse economiche, lo lascia non avendo nessuna intenzione di accudirlo. Lui prova a ricucire il rapporto con la moglie, ma ottiene solo un secco no. Allora non volendo stare solo trova una nuova compagna non troppo giovane. È una brava persona, non mira al denaro, ma vuole solo dare e avere un po' di affetto. Lo accudisce, e lui, non stando bene in salute, si aggrappa a questa nuova compagna.

Mauro ed Ester si vedono raramente per l'impegno che lui ha con la moglie. Le dice di aver pazienza perché è un periodo troppo nero per frequentarsi. Anche lei ha impegni importanti con la figlia e con Dario per cui non le interessa più di tanto e lascia che le cose vadano come il destino vuole.

Vede spesso Dario e tutto va come previsto. Si vogliono tanto bene come amici ma niente di più. Lui è molto importante per lei in questo momento. Parlano dello strano atteggiamento di Mauro per cui Ester è preparata ad un eventuale addio alla sua storia.

Lara è rimasta in coma per parecchio tempo e solo ora comincia a risvegliarsi. Mauro le è accanto come sempre e quando vede che lei apre gli occhi e accenna a svegliarsi chiama il medico, che le fa una prima visita. Ancora non chiede alla paziente di muoversi, più che altro la osserva, le fa qualche domanda e ascolta attentamente le sue risposte. Non può pronunciarsi perché dovranno fare visite accurate e numerosi accertamenti per constatare le sue reali condizioni.

"Lara tesoro come ti senti?"

"Mauro... che è successo?"

"Hai avuto un incidente, hai dormito parecchi giorni, ma ora tutto è passato...

"Quanti giorni ho dormito?"

"Tanti, ma non importa... ora ti riprenderai presto, vedrai...come ti senti?" lui le stringe le mani e lei stringe le sue.

"Mi sento stanca... confusa..."

"Piano piano riprenderai tutte le tue energie... ora devi stare solo calma ...

"Io voglio muovermi..."

"Adesso devi stare solo calma... te lo dirà il medico quello che puoi fare..."

"Voglio muovere almeno le gambe...oddio... non le sento, aiutami!"

Mauro le tocca le gambe ma lei non sente nulla, neppure le sue mani che la toccano. È come se non le avesse.

A questo punto Lara implora di chiamare il medico.

E da ora in poi visite, accertamenti di ogni tipo, un unico risultato Lara è paralizzata, non si sa neppure se un lungo processo di riabilitazione potrà darle qualche risultato.

Mauro è perennemente vicino a lei e capisce di amarla, come non avrebbe mai immaginato.

Una sera chiede ad Ester un incontro a casa di lui, lei già immagina tutto, ma un finale occhi negli occhi ci vuole.

Lui la ringrazia di essere venuta, le dice di accomodarsi e le serve e si serve un po' di cognac

"Un goccio di cognac un po' ci aiuterà. È un incontro difficile..."

"Siamo adulti abbastanza... io sono pronta ad ascoltarti"

"Lara si è risvegliata dal coma come ti ho detto... ma è paralizzata, non ho detto nulla a nessuno prima perché aspettavamo i risultati definitivi. Forse passerà tutto il resto della sua vita su una sedia a rotelle perché i medici non credono che la riabilitazione darà grandi risultati"

"Mi dispiace per te e per lei... non so che altro dire...tu invece se mi devi dire altro ... ti ascolto"

"Con tutto il trambusto di questi orribili lunghi giorni hai capito tutto... io sono ancora innamorato di mia moglie e le starò accanto sempre qualunque siano le sue condizioni di salute"

"Sì... avevo capito, anche se non sapevo bene le ultime brutte novità...che dire... ti fa onore. Molti altri uomini avrebbero preferito rimanere con l'amante sana piuttosto che condividere la vita con la moglie inferma da cui si erano separati. Questo è amore con la a maiuscola..."

"Ester... non ti ho mai considerata la mia amante, io ti ho voluto e ti voglio molto bene e ti ho anche desiderato come donna, non era amore con la a maiuscola, ma era un amore, sei una donna speciale... mia moglie è tutt'altro che una donna speciale, è una donna da lasciare per quello che mi ha fatto, è una donna che non auguro a mio peggior nemico. Ma il cuore a volte ha la meglio sull'intelletto."

"Mauro... ero preparata a tutto questo, non soffro... mi dispiace solamente che io non ho incontrato nella mia vita un uomo che mi ami così..."

"Ti auguro di trovarlo...lo meriti"

"Non basta meritarlo...purtroppo, a volte, più le donne non lo meritano e più sono amate... proprio ora abbiamo un esempio lampante, tu e Lara. Comunque ti auguro di essere felice... tu lo meriti"

Si abbracciano perché la stima e l'affetto rimangono intatti.

Dario le sta vicino in questo difficile momento. Il loro sublime momento è passato anche se rimane un prezioso ricordo nei loro cuori. A volte Dario si meraviglia di come sia riuscito ad essere uomo solo con lei ed Ester si meraviglia di come ha potuto far vivere la parte maschile che è in lui, anche se solo per quel giorno. Sono rimasti momenti così intensamente belli forse proprio perché irripetibili. Sono tutti e due coscienti di questo per cui ora sono solo due esseri che si vogliono profondamente bene.

Dario vorrebbe con tutto il cuore che Ester trovasse un uomo che l'apprezzi e la ami come lei merita. Lui sta bene con il suo compagno, ma non vuole che lei rimanga sola. La sprona a non rintanarsi in casa a dipingere, oppure a stare solo con la figlia e sentirsi solo una futura nonna. Lui sa che lei ha ancora tanto amore da dare come donna e tanto desiderio di riceverne. Sa che gli incontri fortunati sono difficili e sente che Ester ha paura di soffrire ancora. Dario vorrebbe avere la bacchetta magica e far apparire il principe azzurro per lei, ma la vita non è una fiaba. I principi azzurri non esistono e le anime gemelle, se esistono, sono comunque rare.

È vero che la vita non è una fiaba ma spesso regala doni bellissimi, a volte in abbondanza.

Ecco che dopo il tempo necessario arrivano due miracoli insieme. Viola partorisce ben due gemelli, un maschietto e una femminuccia, che godono ottima salute.

Simone e Benedetta, i nomi che sono stati dati ai due neo miracoli, ovviamente colmano la vita dei genitori e della nonna, che per il momento non pensa ad altro, neppure a dipingere. Negli ultimi tempi aveva fatto dei dipinti molto interessanti che Dario aveva apprezzato per cui ora cerca di spronarla.

"È un peccato sospendere perché in questo periodo eri molto ispirata. Hai fatto quadri degni di una galleria"

"Hai ragione, ma ora Viola ha bisogno di me. Ha due gemelli... capisci..."

"Sì, è vero... però ascolta il tempo per dipingere devi trovarlo...vi posso aiutare anche io, ormai Viola mi conosce bene, si fiderebbe... io ho sempre desiderato avere figli... mi sento più materno che paterno... faglielo presente a Viola..."

In questi periodi Dario e Viola si erano conosciuti di più. Viola ormai sapeva tutto di lui tranne quel prezioso segreto che era solo di Ester e suo. Non ci mette molto a farlo entrare nella loro vita attivamente.

E Dario si è rivelato un babysitter che molte neo mamme vorrebbero avere. È bravissimo con le pappe, con il cambio di pannolini e parla con i piccoli come se loro potessero comprendere tutto. E a loro questo affetto e questa attenzione piace tanto. Quindi Ester approfitta e ruba qualche ora per andare a dipingere. In questo momento è veramente molto ispirata e Dario è felice che lei non trascuri la sua passione.

Ester è ora molto feconda come artista, più di quanto lo sia mai stata. Il dolore per la sua vita sentimentale infelice e la gioia per la nascita dei nipotini si fondono in una miscela magica che esplode nei suoi dipinti. Di sicuro queste sue opere sprigioneranno emozioni profonde in chi le osserverà.

Dario, per il momento è l'unico che lei fa entrare nella sua "stanza delle creazioni" ed è il primo suo estimatore. Lui è entusiasta e nella sua mente già sta progettando una futura mostra. Pensa che l'unica vera difficoltà per poterla realizzare sarà proprio Ester. Sa che non ha mai gradito rendere pubbliche le sue opere. In passato aveva mostrato i suoi dipinti solo ad amici, a parenti e a pochi altre persone che si mostravano veramente interessate al suo lavoro. Lui sente però chiaramente che in futuro dovrà coinvolgerla perché sarebbe davvero un peccato che il suo talento rimanesse quasi un segreto.

Mara e Francesco contattano spesso Ester, vogliono che la loro amicizia continui. Lui non approva la scelta del nipote. Ha sempre sentito che Lara era una persona ambigua e inaffidabile e nel tempo ne ha avuto la conferma. Mauro lo ha deluso molto. Può forse apprezzare che rimanga con la moglie fedifraga perché invalida, ma non lo approva. Ha lasciato Ester, che lui stima per rovinarsi la vita con Lara. È sincero e dice ciò che pensa di tutta questa storia al nipote, gli dice anche che lui gradirà le sue visite in futuro, ma non lo frequenterà insieme a Lara. Infine gli fa presente che loro rimarranno amici di Ester. In pratica i loro rapporti non saranno più come prima.

Naturalmente Mara e Francesco vanno a trovare Ester anche per conoscere meglio Viola e Aldo e per riempire di doni Benedetta e Simone. Vedere moglie e marito al settimo cielo con i loro gemellini e la nonna sciogliersi nell'abbracciarli li fa sentire quasi di famiglia. Mara e Francesco sono affettuosi con la famigliola per cui Viola e il marito li accolgono come altri nonni per i loro piccoli.

I sogni di Viola ormai sono sogni tranquilli, non fa più incubi, il rapporto con la madre ora è diventato più maturo. Vedere Ester coccolata dall'affetto di amici cari la fa star bene, anche se accarezza sempre la speranza che lei trovi l'uomo che merita. Ester invece non ci pensa più. Non pensa più che nella sua vita possa apparire un uomo che colmi il suo "vuoto". Pensa solo a ciò che di positivo c'è nella sua vita. Non pensa più a quello che non ha, pensa solo a quello che ha. È fortunata ad avere figlia e genero affettuosi, amici che le vogliono molto bene, nipotini che rendono tutti indaffarati ma felici... e la sua arte che a volte la rapisce, ma la fa sentire appagata.

Il tempo passa, non ci sono novità, c'è solo un problema. È evidente che nella grande stanza dove Ester dipinge non c'è più molto spazio per le sue opere per cui nella testa di Dario sono maturate e continuano a maturare molte idee. È necessario che lui diventi il suo manager artistico. Pensa inoltre di farsi aiutare da Francesco che ha moltissime conoscenze utili allo scopo. Ed ora gli viene in mente anche Luca, suo fratello. Lui potrebbe far parte di questo "team" che deve tirar fuori Ester dal suo "guscio".

In questo momento è opportuno parlare un po' della situazione passata e presente della famiglia di Dario.
Lui ha raccontato ad Ester solo a grandi linee del suo passato. Le ha spiegato che è sempre doloroso rievocare sofferenze che in parte non sono ancora sanate.

Ha il fratello Luca, che vive a Parigi e la sorella Luisa che vive ancora con i genitori. La madre e il padre sono ancora viventi, ma totalmente assenti nella sua vita.
I suoi genitori rigidi, anzi rigidissimi hanno pesato e pesano come macigni nella vita dei loro figli. Basti dire che Luisa è rimasta nubile a causa loro. Lei è ed è sempre stata una figura fragile che non ha saputo ribellarsi all'egoismo dei suoi genitori. A posteriori si comprende bene perché hanno fatto in modo che qualsiasi possibile marito si dileguasse. Lei, con un carattere debole, senza rendersene conto, è sempre stata plagiata da loro che volevano rimanesse nubile per essere il bastone della loro vecchiaia. Per fortuna non esistono quasi più genitori così, ma per loro disgrazia proprio ai tre sventurati sono capitati quei pochi rimasti.
Luca, laureato in architettura, era diventato per mamma e papà il fiore all'occhiello, volevano plasmarlo esattamente come loro desideravano, addirittura ambivano a fargli scegliere come

moglie solo una tra le figlie di amici facoltosi. Lui si ribellò, quindi liti furibonde, per cui decise di partire e di trovare lavoro in Francia, dove aveva delle conoscenze. Lo ha fatto ed ha sposato una francese, è stato anche un buon matrimonio, ma purtroppo da alcuni anni è rimasto vedovo. Tiene costantemente contatti con Dario, con cui ha mantenuto un buon rapporto. A lui non è mai importato che il fratello fosse omosessuale. I genitori invece hanno rinnegato totalmente figlio, che secondo loro è solo un pervertito.

Quando si accorsero delle tendenze di Dario, lui era ancora un ragazzo. Cominciò subito una guerra furibonda. Lo costrinsero ad andare da un sessuologo per farlo curare. Secondo loro era malato. Presero appuntamento e andarono tutti e tre. Volevano entrare con lui perfino durante la visita. Giustamente il dottore si rifiutò e li fece entrare solo dopo aver parlato a lungo con il figlio. Il sessuologo provò a parlare con loro perché comprendessero che non era affatto malato, era semplicemente la sua natura ad emergere. Lo lasciarono parlare, ma le sue belle parole dalle loro orecchie entravano e ne uscivano subito senza neppure sfiorare il cervello ottuso. Per loro Dario e il sessuologo erano tutti e due dei pervertiti. Al momento di pagare l'onorario, in segreteria, confabularono solo qualche parola sottovoce perché sapevano che era un luminare e non volevano fare brutta figura.

Riservarono tutte le parole pesanti e volgari al figlio, appena rientrati in casa.

Furono anni infernali per Dario che, appena trovò lavoro e conobbe il suo attuale compagno Riccardo, andò via di casa. I genitori non lo cacciarono di casa prima solo perché temevano che si prostituisse. Per loro sarebbe diventato un disonore pubblico, non avrebbe più potuto rimanere circoscritto e possibilmente seppellito nelle mura di casa.

Ora Dario sta bene con il suo compagno di sempre Riccardo, con la sua amata amica Ester e con tutta la nuova famiglia, di cui si è attorniato. Adesso anche Riccardo entrerà a far parte di tutta questa quasi parentela acquisita perché quando tra le persone scorre affetto e stima si possono raggiungere mete anche inaspettate.

La prima cosa che fa Dario, dopo aver progettato un futuro artistico per Ester, è telefonare a suo fratello per proporgli di tornare in Italia. Ormai è vedovo da tempo, con il suo curricolo può trovare lavoro tranquillamente. Gli racconta tutte le novità e soprattutto i suoi propositi per far emergere il talento di Ester e mostrare pubblicamente le sue opere.
Luca non ci pensa più di tanto, è stato contagiato dall'entusiasmo del fratello. Deve uscire fuori dal lutto, cambiare aria e non c'è altro di meglio che tornare nei luoghi natii, nella bella, incomparabile Italia. Economicamente è più che agiato e chiede a Dario di cercare una bella casa nel suo quartiere perché ormai vuole stabilirsi definitivamente vicino al fratello.

Dopo pochi mesi sta venendo alla luce tutto. Luca torna in Italia. Acquista una casa, cercata dal fratello, che trova di suo gusto. Appena arredata con mobili pregevoli, in men che non si dica, va ad abitarci.
Dopo qualche giorno organizza un party e invita la famiglia acquisita di Dario. Vuole conoscerli proprio in occasione dell'inaugurazione della sua nuova abitazione. Vuole conoscere tutti proprio in un giorno di festa perché suo fratello gli ha parlato di loro con grande affetto. Dove essere un giorno speciale.

Luca è un perfetto padrone di casa, accoglie tutti con grande naturalezza anche perché gli sembra di conoscerli già. Dario in effetti gli ha sempre parlato di loro con dovizia di particolari. Conversano amabilmente gustando tutto il ben di Dio che Luca ha fatto preparare da personale specializzato per questo genere di rinfreschi.

A fine serata il padrone di casa, quando tutti stanno accomiatandosi, chiede ad Ester di poter vedere i suoi dipinti. Lei dopo un evento così caloroso acconsente e invita anche Dario e Riccardo ad andare con loro. Viola e famiglia invece tornano a casa perché i gemellini devono andare a fare la nanna.

Ester è un po' emozionata nel far entrare Luca e Riccardo nella sua intima sala di pittura. Dario le viene in soccorso perché conosce bene le sue opere. È l'unico ad entrare spesso in questo luogo così riservato.

Oltrepassato l'uscio guardano rapiti e rimangono estasiati dalla bellezza di questi dipinti. È un inno alla vita. Colori brillanti, forme a volte più astratte, a volte più vicine alla realtà e il tutto sembra esplodere dall'animo della pittrice. Quasi un unico pensiero affiora nei due che per la prima volta osservano affascinati. Cosa racchiude nel suo sé più intimo questa donna così apparentemente semplice e comprensibile?

Dopo aver osservato le opere con estrema attenzione sono assolutamente d'accordo che vada allestita una mostra. L'unica titubante è lei, ma Dario prende in mano le redini e si promuove suo manager. Lei non deve far altro che ubbidire, non può non fidarsi del suo amato amico e acconsente.

Poi Dario, inaspettatamente, le commissiona un'opera.

"Ester tu non devi preoccuparti di nulla, io formerò un team di organizzatori per la mostra. A te chiedo di esprimere la tua arte nel più bello dei progetti. Dopo aver visto questa esplosione di colori, di vita, di energia nei tuoi quadri mi è venuta in mente un'idea sublime. Crea un'opera eccelsa, deve essere il più bello dei tuoi dipinti. La raffigurazione del BIG BANG, dell'atto creativo di Dio..."

"Dario che dici?..."

"Tu sai, anche se non abbiamo approfondito questi argomenti, che io sono un appassionato di scienza e di religione e non c'è assolutamente antagonismo, contrasto tra loro, come molti purtroppo pensano. Io ho cercato, ho studiato ed ho scoperto quello che molti ignorano. Nel mondo moltissime persone non sanno che il padre della teoria del BIG BANG fu Giorgio Lemaître, sacerdote cattolico belga, fisico ed astronomo che affermò nel 1933: "Esistono due vie per arrivare alla verità" riferendosi alla religione e alla scienza "ho deciso di seguirle entrambe" disse proprio queste parole preziose George Lemaître. E grande parte dell'umanità non sa nulla di questo grandissimo scienziato che ricevette anche riconoscimenti da Albert Einstein. Ora ti chiedo, con la tua arte, di rappresentare, così come arriva nella tua anima, il BIB BANG, con cui Dio ha creato il mondo."
Ester è commossa e intimidita da una così enorme richiesta

"Sarebbe meraviglioso, ma non so se sarò in grado..."

"Prenditi tutto il tempo che ti serve... ti metterai all'opera quando ti sentirai ispirata... se ascolti la tua anima ce la farai."

Ci vogliono mesi per organizzare tutta la mostra, l'opera sul BIG BANG è ancora in embrione, non si sa quando nascerà. Ma ora è tutto pronto con le opere già create.

È il giorno dell'inaugurazione della mostra di Ester. Fiori a profusione. Lei è elegante e sorridente, gli amici e i parenti sono vestiti di tutto punto per l'occasione e i gemellini sembrano un bambolotto e una bambola deliziosi e in sintonia con il luogo. Entrano i primi visitatori e subito si capisce dai loro commenti che tutto andrà bene. È un successo per la pittrice, in poco tempo già ottime vendite, ma quello che più rendono felice Ester sono le parole che i visitatori usano per esternare le belle emozioni che dai suoi dipinti giungono a chi li osserva. Inoltre dalla Francia è arrivato per l'occasione Adrien, un amico francese di Luca, appassionato conoscitore d'arte. Anche lui, forse più degli altri perché esperto di pittura, ammira continuamente ciò che osserva. A fine serata si congratula con Ester. Si esprime bene perché parla correttamente l'italiano. Solo la sua erre "moscia" francese dichiara la sua provenienza. La sua passione per l'arte lo rende subito intimo ad Ester, e le dà subito del tu.

"Cara Ester, le tue opere sono un tripudio, un piacere enorme per l'anima, d'altronde da una persona così bella non poteva venir fuori altro!"

"Adrien, non esagerare ti prego... già sono molto emozionata per la serata, ora ho solo bisogno di calmarmi un po'."

"Hai ragione, allora mi rivolgo a tutti i presenti, è tardi sono rimasti solo gli amici e i parenti quindi parlerò molto semplicemente....un momento di attenzione, prego... questa stupenda donna è una vera pittrice...solo che lei non sa di esserlo, pensa di essere una dilettante, invece ha un grande talento e non deve sprecarlo. Dobbiamo aiutarla a venire fuori dal suo guscio. Io, come intenditore d'arte, devo farle lunghi discorsi e darle mirati consigli per introdurla nell'ambiente." Quindi si rivolge ad Ester "Allora cominciamo subito, per domani sera ti invito a cena perché davanti a una buona coppa di champagne si ragiona meglio" viene interrotto subito da Luca, anche se con aria quasi benevola: "Caro Adrien stai molto attento a come ti muovi perché Ester è una nostra carissima amica" poi si rivolge a tutti "perché il mio caro amico è un tombeur de femme... non mi fido molto dell'immediato invito a cena, lui non è soltanto un intenditore d'arte ma anche di belle donne..."
Adrien con aria da compagnone "Luca mi deludi...quando si parla di arte io divento serissimo, stai più che tranquillo"

Dario interviene "da quello che mi ha raccontato Luca su di te, non c'è da stare tranquilli... comunque sappi che hai due paladini di Ester alle costole"

"Non sono un'adolescente, state tranquilli. È vero che non sono una donna di mondo, ma non sono neppure una sprovveduta per cui accetto l'invito a cena di Adrien perché è verissimo che io sono stata finora sempre e solo relegata nella mia stanza a dipingere. Non ho frequentato nessuno del settore, quindi se devo emanciparmi in questo devo anche sapere... conoscere..."

"Brava Ester, così mi piaci... ci vuole grinta per andare avanti bene... allora, cari amici, Ester ed io ci accordiamo per la cena di domani sera"

A questo punto tutti parlano ancora un po' della serata, brindano ancora per il successo e tornano a casa.

Dario e Luca tornano in macchina insieme, mentre Adrien si offre di accompagnare a casa Ester per accodarsi meglio sulla serata successiva.

Luca si confida con il fratello: "Dario sarò sembrato un po' geloso di Adrien, ma lui è veramente un donnaiolo..."

"Hai ragione, anche a me un po' di fastidio me lo ha dato, per me Ester è più di una sorella, mi sento molto protettivo con lei"

"Adrien è un buon amico, ma quando si tratta di donne non mi fido. Io non sono mai stato in competizione con lui. Ero sposato e fedele a mia moglie, ma lui mi ha sempre raccontato tutto. Ha divorziato due volte, ma anche durante il matrimonio non era fedele. Per come lo conosco, Ester gli piace e non solo come pittrice...a me questo disturba perché Ester mi piace molto, non te lo avevo ancora detto perché è poco che la conosco... volevo del tempo ma ora Adrien di tempo non me ne dà di certo. Quello si propone subito... mi dà proprio fastidio"

"Tu domani telefona ad Ester per congratularti del successo e marcala stretta, io intanto la metterò in guardia dal tuo amico, ha molta fiducia in me..."

Ed ecco la sera successiva Ester e Adrien davanti alla loro coppa di champagne che brindano per suggellare il loro sodalizio artistico prima di iniziare a degustare un'ottima cena. Parlano piacevolmente, lui spesso la fissa negli occhi. Ha un fascino particolare, è consapevole di piacere alle donne ma sa come agire per non apparire agli occhi della futura conquista un presuntuoso, troppo sicuro di sé. I suoi sguardi sono intensi, ma non eccessivi, fanno sentire la donna non la preda ma colei che in qualche modo lo sta turbando, quasi magnetizzando. Vuole apparire un sedotto, non un seduttore. Infatti così fa sentire Ester con poche mirate parole e sguardi dosati e sapientemente penetranti. E così durante la serata lei si sente sempre più sicura, sente di piacere molto a quell'uomo e questo la infiamma. Si sente più donna. La sua femminilità sta riaffiorando. Prova una specie di languida beatitudine che la stordisce e non le fa più ricordare gli avvertimenti dei due amici. Lo champagne e il fascino maschio di Adrien la fanno abbandonare a quella dolce, lieve ebbrezza. Prima di andar via dal ristorante Adrien le propone un'altra coppa di champagne, le parla a voce bassa con parole suadenti. Complice lo champagne lui la conduce facilmente nella sua camera d'albergo. Non ha accettato l'invito di Luca, che lo avrebbe invitato volentieri a casa sua proprio per sentirsi libero durante il suo soggiorno a Roma. L'albergo lo rendeva completamente indipendente.

Per Ester è come vivere in un sogno, non è completamente ubriaca, solo piacevolmente stordita, quel tanto che basta a farle dimenticare le inibizioni. È la prima volta che si abbandona ad un uomo appena conosciuto, un uomo che le sussurra di essere stregato da lei, un uomo che "astutamente" non le impone nulla, le fa sentire solo il suo enorme desiderio, le dice che lui sa attendere, anzi che vuole attendere se lei non si sente pronta. Proprio questa sapiente delicatezza di Adrien fa sussurrare ad Ester, stordita da quella serata piena di successi, che lo desidera anche lei, che non deve attendere.

Cosa sta succedendo ad Ester? L'ingenua ragazzina, poi l'irreprensibile signora sta vivendo una seconda primavera, una seconda vita molto più eccitante della prima? Forse? Chissà?

Intanto si ritrova la mattina in un letto di albergo con un francese appena conosciuto e con un cellulare che richiede risposte a telefonate, che lei non sa neppure di aver ricevuto. Come fa a rispondere ora con Adrien nudo vicino a lei e ancora addormentato. Non può ora, deve riorganizzare le sue idee. Non può dire bugie ai suoi amici, dovrà solo imbastire una bugia per sua figlia. Non sa proprio dove sbattere la testa. Si ricorda solo di aver vissuto una notte da sogno erotico, ma ora si ritrova nella nuda realtà. Lui non è di certo il suo principe azzurro, è difficile alla sua età credere ancora alle favole, quando ormai è sobria.
Non resta che svegliarlo per capire un po' meglio la situazione, ora che i fumi dell'alcool sono svaniti. Lo scuote delicatamente.
"Adrien svegliati" lui apre gli occhi e la guarda cominciando a formulare qualche confuso pensiero
"Ester... dolcezza, tutto bene?"
"Ancora non lo so come sto... non mi sembra possibile che sia accaduto..."
"Accaduto cosa?... che un uomo e una donna si sono amati? ... È la cosa più naturale del mondo..."
"Non per me..."
"Perché non per te ... non è la prima volta neppure per te..."
"No, però io non ho fatto mai l'amore con un uomo appena conosciuto... non so come sia potuto accadere..."
"Ma è molto meglio così, credimi. Non sai nulla di me, io non so quasi nulla di te... così è più affascinante... dì la verità, non ti è sembrato come vivere in un bellissimo sogno"
"Sì è vero... ma il sogno svanisce e non ci sono conseguenze... invece..."
"Quali conseguenze... tu sei una donna libera, io un uomo libero per cui..."

"Io non sono abituata a vivere il sesso come a bere un bicchier d'acqua, se non c'è amore non sono contenta di me..."

"L'amore... che parolona... esiste? Io non lo so... dopo tante delusioni avute e date mi sembra solo un'illusione, un'utopia. Sento più vero l'amore di un attimo, quello che abbiamo provato io e te stanotte, di quello che si dichiarano per anni, coppie stanche ormai l'uno dell'altra. Per me quello non è amore, sono catene con cui incateni te stesso e l'altra persona per abitudine, per paura della solitudine, per mille altre ragioni che non sono di certo amore. Credimi ci siamo amati più io e te questa notte volendo essere, liberamente, amanti anche se solo per una notte. Io sento di averti amata, e sono sicuro che anche tu mi hai amato. Non era solo sesso, ci siamo amati. Forse solo per una notte ma, un attimo così intenso e appassionato come è stato, poteva valere un'eternità. Il tempo è solo una convenzione. È tutto molto relativo. Io, per esempio ho amato più intensamente te in questa notte di quanto abbia amato la mia ex moglie in tanti anni."

"Questo è vero... anche per quello che riguarda me e il mio ex marito."

"Lo vedi... dunque dobbiamo essere grati alla vita per questa notte. Viviamo il presente... per il futuro, sarà quel che sarà".

Decidono che per il momento non diranno nulla a nessuno. Sono convinti che questo loro "cogliere l'attimo fuggente" non sarebbe stato compreso.

Omettere il bel momento vissuto ai loro amici per Adrien è facilissimo, per Ester un po' meno. Sia Luca che Dario vedono la loro amica diversa, come impensierita. Luca, che conosce bene Adrien, ha qualche dubbio ma non osa fare domande ad Ester. Ha chiesto all'amico se avesse importunato Ester ma la risposta, prevedibile, è che lui è stato candido come un angioletto.
Un angioletto però, che, quando rimane solo con Ester, continua a chiederle di ripetere quella indimenticabile notte.

Lei gli risponde che "l'attimo fuggente" poteva andar bene per una notte non per una vita. Lei vuole trovare l'amore, quell'amore al quale lui non crede, ma che lei continua a desiderare.

Dopo qualche giorno Luca, avendo quei dubbi sul comportamento dell'amico, decide di non tergiversare e di stringere i rapporti con Ester perché non vuole perderla. Approfitta del fatto che Adrien non ha proferito parole su un eventuale suo interesse per Ester per cui gli confida il suo amore per lei intimandogli di comportarsi da amico e di farsi da parte anche in futuro. Adrien lo rassicura ma avverte un certo disappunto.

Comincia il corteggiamento di Luca nei confronti dell'amata. Lei sta vivendo davvero una seconda stagione della vita. Non le pare vero che alla sua età è più amata e desiderata di quanto non lo fosse da giovane. Sta vivendo davvero una seconda primavera molto più eccitante della prima, che invece era piena di nuvole e di tristezza. Oppure sta vivendo un autunno splendido e dorato come appare in certe fotografie illustrate. Comunque se la sta godendo questa bella stagione della vita anche se confessa a se stessa che lei non è innamorata di nessuno. Le piacciono i due uomini che la corteggiano, ma per un verso o per l'altro non le fanno battere il cuore. Forse ha ragione Adrien affermando che l'amore non esiste. Chissà?

I giorni passano e sta sempre a contatto con i due "amici-corteggiatori" perché loro continuano a darsi da fare per aiutarla nella sua ascesa come pittrice. Dal punto di vista sentimentale però nulla cambia in lei. Non sente attrazione per Luca, anche se è un bell'uomo non è il suo tipo. Sente invece una forte attrazione per Adrien, ma la reprime continuamente. Può anche capire il suo punto di vista, ma non lo condivide. Immagina incontri coinvolgenti con lui, ma immagina anche lui che improvvisamente torna a Parigi per rincorrere altri "attimi fuggenti".

Comunque si sente inquieta. I suoi ormoni si sono rimessi in moto, desidera ardentemente far vivere la sua femminilità completamente. Non vuole far tacere dentro lei la sua rinata sensualità, ma ha paura che questi turbamenti prendano il sopravvento e che possa fare degli errori. Non avrebbe mai pensato che alla sua età potesse sentire questa eccitazione. Ovviamente la combatte, ma i sogni riescono a turbarla. In un sogno le appare Dario, che abbracciandola le sussurra che ora si sente eterosessuale. Vuole possederla tutta la notte e far vivere a lei quell'amore romantico tanto sognato. Si sente avvolta in un amplesso delicato, dolcissimo. Quando si sveglia non può che dire a se stessa che un sogno così è più bello di qualsiasi realtà, rimane puro e non lascia sensi di colpa.

Luca invece sta scalpitando, sente che ormai è giunta l'ora di dichiararsi. Un giorno trova il momento adatto, si fa coraggio e apre completamente il suo cuore.

"Ester, è tanto che stiamo scherzando come due adolescenti, passiamo ore piacevoli insieme come ragazzini, ma ora io ho l'esigenza di parlarti da uomo...ti amo... devo sapere cosa sono io per te..."
Ester si sente confusa da quella dichiarazione che forse si aspettava o forse temeva e lo guarda con tenerezza. Non vuole ferirlo, ma non può neppure incoraggiarlo.

"Luca speravo tanto che rimanessimo adolescenti nei nostri momenti piacevoli, ora temo che ci siano dei cambiamenti e non so se in positivo...io ti voglio molto bene e per questo devo essere sincera, estremamente sincera con te. Prima di parlarti di un fatto, che forse doveva rimanere segreto, ti dico chiaramente che non sono innamorata di nessuno...proprio perché tu mi hai dichiarato il tuo amore io sento che devo confidarmi... tempo fa, tu lo sai, Adrien ed io siamo andati a cena per parlare di lavoro...abbiamo parlato del nostro progetto, abbiamo parlato di noi e abbiamo bevuto champagne, troppo champagne... lui mi ha invitata nel suo albergo...abbiamo fatto l'amore"

Luca si adombra immediatamente, ma cerca di dominare la sua collera nei confronti dell'amico

"Ti avevo avvertita che lui è un "tombeur de femmes... come hai potuto...

"Non lo so neppure io...l'eccitazione per il successo della mostra e lo champagne hanno avuto il loro peso, ma anche io ho le mie responsabilità, forse volevo sentirmi di nuovo donna e anche se non sono il tipo da avventure ho voluto per una volta stordirmi, lasciarmi andare... non so...so solo che non farò più errori del genere...lasciano solo amarezza."

"La responsabilità più grande ce l'ha sicuramente Adrien anche perché aveva capito il mio interesse per te...quando un uomo è così donnaiolo non è affidabile neppure come amico... non doveva farmi questo..."

"Comunque stai tranquillo, per me finisce qui, non so neppure se mi interessa la sua amicizia, so invece che mi interessa molto la tua amicizia. Ti ho detto tutto anche perché ti voglio bene e ho bisogno di un amico come te..."

"Per un uomo innamorato sentire che la donna amata vuole solo la tua amicizia è un po' una pugnalata... ma non ti voglio mancare come amico... sento che è un momento un po' delicato per te per cui ti sarò vicino, non preoccuparti...anche perché devo proteggerti da Adrien... tu dici che per te finisce qui, ma se per lui ancora non finisce qui continuerà la sua opera di seduzione...specialmente se anche tu sei attratta fisicamente da lui..." la guarda negli occhi come per avere una risposta. Lei abbassa gli occhi e sta un attimo in silenzio.

"Purtroppo sento una certa attrazione, ma non mi piace come lui è... un uomo superficiale... inaffidabile"

"Certi individui spesso attraggono le donne, non si capisce il perché ma è una realtà".

Come era prevedibile Luca affronta Adrien e gli dice a chiare lettere di tornare in Francia. È categorico, se vuole mantenere un brandello di amicizia con lui deve lasciare l'Italia immediatamente. Adrien non ha amici, troppe donne e praticamente nessun amico per cui si fa due conti e decide che per conservare quell'unico esemplare di amicizia maschile che ha nella sua vita deve tornarsene a casa. Dimostra in questo modo la sua amicizia sperando così che Luca lo perdoni in futuro. Addio Adrien! Adieu Adrien!

La realtà di Ester non è fatta solo di lavoro per la sua attività di pittrice, ma anche di inquietudini per le pretese materiali del suo ex consorte. Lui pretende tanto, forse perché spende troppo con le donne, non ne ha più una sola, soddisfa i suoi bisogni sessuali a destra e a manca e spende molto. Lei parla con sua figlia e con suo genero che le consigliano di affidarsi all'avvocato del palazzo conosciuto e apprezzato da sempre.

Federico, così si chiama questo stimato avvocato, aveva un'antipatia mal celata per il marito di Ester per cui se avessero affidato a lui i loro problemi sicuramente avrebbe lavorato con maggior piacere. Ester si fa dare un appuntamento dalla segretaria perché, per rispettare la professionalità dello stimato condomino, vuole seguire la prassi. Lui le fissa l'appuntamento prestissimo, anche spinto dalla curiosità.

"Cara signora Ester... si accomodi, è un vero piacere riceverla nel mio ufficio e salutarla con calma, invece di scambiarci soltanto un frettoloso buongiorno nell'ascensore o per le scale...ma la devo rimproverare per aver chiesto l'appuntamento attraverso la mia segretaria. Mi poteva tranquillamente telefonare..."

"La ringrazio, ma so che è molto impegnato, non volevo sconvolgere i suoi appuntamenti lavorativi..."

"Figurarsi… avrei trovato comunque senza difficoltà uno spazio per una persona tanto garbata quale lei è… ma veniamo al dunque, mi dica quali problemi la preoccupano per richiedere l'aiuto di un avvocato…

"Il problema è uno solo … il mio ex marito… lei saprà della mia separazione…"

"So più o meno quello che i condomini vengono a sapere, a volte anche loro malgrado, dalle altre persone che abitano nello loro stesso edificio… non vedendo più suo marito ho saputo, ma ho anche pensato che fosse una separazione tranquilla."

"Relativamente tranquilla, ci siamo separati senza ufficializzare la cosa forse per pigrizia, ma quando sopraggiungono cavilli economici diventa tutto più complicato… lui è molto incosciente, ma abbiamo una figlia e due nipoti per cui io sola mi preoccupo e quindi è mio dovere lottare… per questo ho deciso di affidarmi a lei"

"Stia tranquilla…mi porti tutta la documentazione ed io difenderò con piacere i suoi interessi. Non le nascondo che non ho mai avuto simpatia nei confronti di suo marito. Da quel poco che ho potuto conoscerlo non mi è sembrato una persona stimabile, almeno secondo i miei principi… ma non mi soffermerò certamente sulla figura di suo marito… di lei invece ho sempre pensato che fosse una persona del tutto diversa da lui… ma di coppie male assortite ne vedo continuamente… non le nascondo che quando ho saputo della vostra separazione non mi sono affatto meravigliato."

"Effettivamente siamo molto diversi. Si dice che gli opposti si attraggano, ma io non la penso così…credo che siamo stati insieme tanti anni per una sorta di ignavia, per paura del cambiamento, ma infine è morto tutto quello che forse non era mai nato davvero"

"Bene… allora, appena lei mi avrà portato la documentazione di tutto ciò che vi riguarda comincerò a prendermi cura dei suoi problemi e stia certa che risolveremo ogni cosa…mi dispiace di non potermi trattenere più a lungo, ma c'è un cliente che aspetta nell'anticamera. Nel prossimo incontro ci intratterremo di più per approfondire tutti gli aspetti. A presto"

Questo "a presto" avviene la settimana successiva. Ester ha messo a punto tutta la documentazione ed ha ottenuto un nuovo appuntamento dal suo difensore. Federico vuole difendere Ester anche per un forte impulso che sente nei confronti di questa donna che le è sempre apparsa una vittima di quel "pallone gonfiato" del marito. Ester non è una cliente qualsiasi, che difenderebbe comunque per dovere e professionalità. Avverte che lei è un'anima sensibile e non solo per le sue doti di pittrice. Sente una specie di sentimento di tenerezza che non sa spiegarsi. Prova per lei un'attrazione spirituale che lo turba. Quando Ester si confida raccontandogli il suo rapporto coniugale avverte un desiderio di proteggerla, che va ben oltre il suo dovere professionale. Con il susseguirsi degli incontri lei percepisce questa protezione. Per questo prova una bellissima sensazione che non aveva mai provato.

Federico le fissa degli appuntamenti per comprendere bene tutta la situazione e procedere con la linea di difesa. Con l'andar del tempo lui diventa una specie di confessore perché Ester ha un bisogno irrefrenabile di raccontargli tutto, passato e presente. Si fida di quell'uomo che ha sempre stimato attraverso i racconti dei coinquilini e che ora stima ancor di più avendoci contatti diretti.

Finalmente Ester si sente tranquilla, i contatti con il marito sono solo attraverso avvocato. Quando Amerigo prova a contattarla lei si rifiuta categoricamente, ormai neppure la figlia e il genero vogliono avere contatti con lui. Tutta la famiglia lo respinge, è completamente solo. Non ha praticamente rapporti umani, solo rapporti occasionali con donne che continuano a prosciugare le sue, ormai ridotte risorse finanziarie. In questa situazione diventa un uomo peggiore, non gli viene altro in mente che diventare lo stalker di sua moglie, comincia dunque a perseguitarla, prima telefonicamente ed poi anche fisicamente.

Questa sua odiosa intenzione prende forma una sera. Ester torna a casa e se lo trova davanti. Non immagina che lui sia peggiorato a tal punto, quindi le chiede solo di andarsene

"Amerigo vai via...ormai lo sai che ci parliamo soltanto attraverso avvocato"

"Siamo stati sposati per tanti anni e non possiamo parlare un attimo tra di noi?!"

"Abbiamo parlato tanto anche telefonicamente, non abbiamo più nulla da dirci ... vattene... non ti faccio entrare in casa"

"Non mi fai entrare in casa?!... Questa è pure casa mia" e la prende per un braccio scuotendola

"Vai via altrimenti urlo" alzando molto la voce "sono costretta ad urlare... vai via ..." lui la strattona più forte, lei grida "aiuto vai via..." il ragazzo che abita accanto apre la porta "Che succede ... signor Amerigo lasci la signora..." Amerigo è spaventato perché è sempre stato un pusillanime e il ragazzo è anche un palestrato, e certamente lo avrebbe cacciato via in un attimo anche con la forza, per cui il vigliacco va via borbottando.

Ester telefona a Federico perché ormai il loro rapporto è diventato più confidenziale e gli racconta l'accaduto, è chiaramente ancora impaurita, lui la tranquillizza dicendole che appena finiti i suoi appuntamenti lavorativi sarebbe andato a casa sua così ne avrebbero parlato per prendere provvedimenti. Ormai non si trattava più solo di telefonate, la situazione poteva diventare pericolosa. Intanto le raccomanda di non uscire di casa e naturalmente di non fare entrare mai in casa il marito perché era diventato palesemente uno stalker.

Ester ha paura, si sente prigioniera in casa, pensa al suo futuro. Sarà probabilmente costretta a guardarsi alle spalle anche quando dovrà semplicemente uscire per fare delle compere. È entrata in una sorta di panico per cui quando Federico entra in casa si trova difronte una donna pallida e senza forze. Lui istintivamente l'abbraccia e lei si lascia abbracciare sentendosi tutta protetta in quell'abbraccio. Federico sente ancor più fortemente quell'attrazione spirituale, quella tenerezza che non aveva mai sentito per nessuna donna, men che meno per la moglie. Lui era ormai vedovo da tanti anni, ma sua moglie era stata una donna completamente diversa da Ester, una donna abituata a comandare. Era una manager di una grossa società. Aveva fatto carriera proprio per il suo carattere estremamente ambizioso e volitivo. Si erano conosciuti da ragazzi quando ancora i loro caratteri erano incerti. Lei era già abbastanza sicura di sé e questo non dispiaceva a Federico, ma con il tempo si era trasformata in una specie di "virago"che non lasciava spazio a nessuno. Federico per non soccombere si era rifugiato nel suo lavoro nel quale poteva esprimere tutte le sue capacità, il suo valore. Praticamente vivevano tutti e due per il loro lavoro, non avevano tempo per i sentimenti. Lui a volte ne sentiva la mancanza, lei forse no. Non se lo sono mai detto ed ora era troppo tardi.

In questo momento per Federico tenere quell'uccellino spaventato tra le braccia le faceva provare dei sentimenti, lo faceva finalmente sentire un uomo. E sì, perché Ester la sentiva così tra le sue braccia, piccola e tenera come un uccellino impaurito. Questa dolce sensazione era nuova per lui, non aveva avuto neppure una sorellina più piccola durante la sua infanzia per cui provare un sentimento tenero. Non aveva avuto neanche figli per cui aprire la parte migliore del suo cuore. Insomma percepiva una parte bella del suo animo emergere. Queste sue sensazioni fluiscono e arrivano a lei senza bisogno di parole. Si è tranquillizzata e delicatamente si scioglie dall'abbraccio.

"Come farò a stare tranquilla da ora in poi?"

"Tranquilla... tutto passerà... per sicurezza dobbiamo denunciare il fatto alla polizia, contemporaneamente io telefonerò a tuo marito per parlare del brutto fatto ed anche per fare finalmente la separazione legale. Deve essere tutto molto chiaro. Da quello che ho capito di tuo marito, se parla con un uomo che non usa mezzi termini, si spaventerà..."

"Lo spero... ma intanto io come mi devo comportare..."

"Devi solo tranquillizzarti... io gli telefonerò subito...domani andremo alla polizia... tu non farlo mai entrare in casa... e quando esci fallo di giorno e in vie dove c'è gente. Vedrai che risolveremo tutto in breve tempo"

E in breve tempo fu, ma in una maniera del tutto imprevista.

Due giorni dopo arriva ad Ester una telefonata dalla polizia in cui le si dice di andare all'Ospedale della loro zona perché suo marito è stato ricoverato d'urgenza. Avrebbero trovato sul posto anche un poliziotto che le avrebbe spiegato la situazione.

Lei va immediatamente e si trova davanti Amerigo intubato e, come le hanno detto, in stato di coma. Prova pena per lui, ma ovviamente solo pena. Il poliziotto è lì accanto e le dà le dovute spiegazioni.

"Ci dispiace per l'accaduto, ma ci hanno comunicato ora che suo marito ha gravi problemi al cuore già da tempo... lei ovviamente ne sarà a conoscenza..."

"Sì, ha avuto un infarto tempo fa. Ma come è successo ora?"
"Noi l'abbiamo convocato per la denuncia che lei ha fatto l'altro giorno... è venuto nel pomeriggio già molto agitato... chiaramente gli abbiamo detto della sua denuncia con molta calma e gli abbiamo chiesto di chiarire, lui ha cominciato a parlare, ma era molto concitato e noi gli abbiamo suggerito di calmarsi e gli abbiamo dato un bicchiere d'acqua. Ha continuato il suo discorso, diceva che non aveva più un soldo, che sarebbe

finito a fare il barbone a causa delle donne. Era sempre più agitato e cominciava a farfugliare..."

"Le donne... le donne... mi hanno rovinato... ero ricco...non ho più nulla...anche mia moglie...ecco perché io la cerco... siamo separati e non mi vuole dare niente di quello che avevamo insieme perché dice che io spererei anche il resto con le donne... dice che devo pensare a nostra figlia e ai nostri nipoti... ma io dove vado? Sotto i ponti?"

"Noi, vedendo il suo stato abbiamo cercato di calmarlo, ma ormai non si capiva neppure ciò che diceva"

"Fa...rò il barb.. aiut...chi... va...se...maale qui" mettendosi le mani su un braccio si è accasciato sostenuto da un collega. L'ambulanza lo ha portato qui e i dottori ci hanno detto che è stato ricoverato in precedenza proprio in questo ospedale per un infarto."

Ester avverte Viola e Federico, che vanno subito da lei. Lui le chiarisce che quando gli aveva parlato per telefono lo aveva già sentito agitato per cui non aveva infierito. Gli aveva solo intimato di non disturbarla più e di contattare solo lui per qualsiasi cosa. Tutto qui. Ma evidentemente quella telefonata e la convocazione della polizia avevano influito sul suo cuore malato. In serata inoltrata Ester dice a sua figlia e a Federico di andare a casa. Lei di notte sarebbe rimasta lì, questo sentiva di doverglielo. Ci teneva a rimanere sola forse perché pensava che se si fosse svegliato avrebbe voluto dire qualcosa solo a lei.

Ester rimane sveglia accanto a lui, attende un minimo cenno, non sa neppure perché. Verso l'alba, si intravede qualche spiraglio di luce. Amerigo muove la mano che Ester gli tiene, lei si accorge e lo guarda, lui apre gli occhi.

"Amerigo... mi senti?..."

Lui non riesce a parlare, ma continua a guardarla in un modo in cui non l'aveva mai guardata, era come se volesse dirle che le voleva bene, che le sue labbra non si aprivano purtroppo, ma i suoi occhi volevano dirle che le voleva bene, quel bene che non aveva saputo dimostrarle. Poi anche gli occhi si chiudono. Ormai non c'è più vita in lui.

Ester rimane impietrita, non riesce neppure a chiamare i medici, riconosce la morte nel volto di lui, ormai non ha più bisogno di nessuno. Mille pensieri corrono nella sua mente in un frammento di tempo. Forse in quegli ultimi istanti di vita lui ha dichiarato a lei tutto il suo amore, quell'amore che era rimasto sepolto tra le spire di una vita sbagliata, o forse erano solo gli occhi di un uomo che cercava l'amore negli ultimi istanti. Chissà... non lo saprà mai. Il loro matrimonio era rimasto senza parole e senza sentimenti come quello di Federico e di sua moglie. Ormai era troppo tardi.

Quanti esseri umani sciupano il tempo della loro vita senza dare spazio al bene più prezioso, di cui tutti abbiamo bisogno, spesso senza esserne consapevoli. Si dà spazio e tempo a tutto, a volte anche a cose futili, mentre troppo spesso l'amore, che è l'essenza della vita, viene dimenticato. Si pensa che ci sia sempre tempo per i sentimenti. Si lasciano in un angolo, mentre la vita passa, anzi vola e dopo non c'è più tempo. In pochi istanti nell'anima e nella mente di Ester un turbinio di pensieri le danno la piena consapevolezza che è un peccato, un vero peccato sprecare la vita senza far germogliare l'amore, senza coltivare l'amore, senza amare.

E proprio in quegli attimi nel cuore di Ester un impulso preciso:

"L'autunno della sua vita deve brillare come l'oro delle foglie di questa stagione. L'autunno con i suoi colori splendidi e dorati gareggia con i meravigliosi colori della primavera. A volte vince."

Ora può chiamare i medici.

Sono passati parecchi mesi ed Ester ha sempre ben presenti i folgoranti e limpidi pensieri di quel buio e triste giorno.

Non è più una donna sola, anche prima non era sola. Aveva gli amici cari. Aveva la figlia, i nipoti, tutti amori grandi. Ma nella vita le è sempre mancato l'amore come donna. Il marito e gli altri uomini non erano stati l'amore che cercava. Quando ormai si era rassegnata è apparso all'orizzonte un uomo che si era innamorato di lei per la sua anima, che aveva sentito per lei un'attrazione spirituale, divenuta poi anche fisica. Forse è questa la via più spontanea per l'amore, quello vero.

Ed ecco Federico ed Ester in Chiesa che si scambiano le promesse matrimoniali e le fedi benedette.
Questo era il matrimonio che avrebbero sempre voluto ed ora il sogno si sta avverando. Lei con un delicato vestito da sposa verde acqua come i suoi occhi, lui con un impeccabile vestito da sposo ora si stanno baciando, dopo aver pronunciato il più vero dei "Si, lo voglio"

L'autunno di Ester ha vinto. Le altre sue stagioni hanno gareggiato, sperato, lottato, più temporali che cieli rosei. Tutto comunque perché potesse apparire un autunno inaspettatamente splendente e dorato come le sue foglie.

Solo ora Ester sente che riuscirà a creare il suo quadro più bello "IL BIG BANG". Ha dentro una pace intensa e un'energia che non aveva mai provato.

Non venderà mai questa sua opera. Sarà per lei il suo ringraziamento volto a Dio.

Bibliografia dell'autrice:

"Il Risveglio della bella Addormentata" edito dalla Casa Editrice Valore Scuola", ora "Casa Editrice Conoscenza"

"A Cavallo con Don Chisciotte" edito dalla "Casa Editrice Conoscenza"

"Burattilandia" pubblicato dall' ex IX Municipio del Comune di Roma

"Come L'uovo di Colombo" edito dalla Casa Editrice BookSprint

Printed in Great Britain
by Amazon

20788528R00078